Ulrike Schäffle - Eitelmann

April 2007

JANE AUSTEN

Liebe und Freundschaft
Drei Schwestern
Catharine

Aus dem Englischen übersetzt
von Renate Orth-Guttmann

Nachwort von Dietmar Jaegle

MANESSE VERLAG
ZÜRICH

Inhalt

Liebe und Freundschaft

Ein Roman in Briefen

«Getäuscht in der Freundschaft und verraten in der Liebe.»

Erster Brief
Von Isabel an Laura

Wie oft hast Du auf meine wiederholte Bitte, meiner Tochter einen zusammenhängenden Bericht über die Unglücksfälle und Abenteuer Deines Lebens zu gönnen, zur Antwort gegeben: «Nein, liebe Freundin, Deinen Wunsch kann ich so lange nicht erfüllen, bis ich nicht mehr Gefahr laufe, noch einmal so Schreckliches zu erleben.»

Dieser Zeitpunkt dürfte jetzt gekommen sein. Du bist heute 55 Jahre alt geworden. Wenn je eine Frau sich sicher vor den entschlossenen Nachstellungen unwillkommener Liebhaber und der grausamen Verfolgung durch hartnäckige Väter dünken kann, so gewiß doch in diesem Lebensabschnitt.

Isabel

Zweiter Brief
Laura an Isabel

Obzwar ich mich Deiner Meinung nicht anschließen kann, ähnlich unverdient Schreckliches wie das bisher Erlebte werde mir niemals mehr widerfahren, will ich, um nicht in den Verruf der Halsstarrigkeit oder Ungefälligkeit zu kommen, die Neugier Deiner Tochter befriedigen; und möge die Seelenstärke, mit der ich die vielen Heimsuchungen meines Lebens ertrug, sie jene ertragen lehren, die ihrer noch harren mögen.

Laura

Dritter Brief
Laura an Marianne

Als die Tochter meiner vertrautesten Freundin hast Du, so denke ich, ein Recht darauf, meine unselige Geschichte zu hören, die Deine liebe Mutter von mir so oft für Dich erbeten hat.

Mein Vater kam in Irland zur Welt und wuchs in Wales auf; meine Mutter war die natürliche Tochter eines schottischen Peers und einer italienischen Tänzerin. Ich wurde in Spanien geboren und besuchte eine französische Klosterschule.

Als ich achtzehn geworden war, holten mich meine Eltern an den heimischen Herd nach Wales zurück. Unser Haus war in dem romantischsten Teil des Uske-Tales gelegen. Wohl sind durch die erlittenen Schicksalsschläge meine Reize heute beträchtlich matter und ein wenig beeinträchtigt, einst aber war ich eine Schönheit. Doch war der Liebreiz meiner Erscheinung noch der geringste meiner Vorzüge. In allen für mein Geschlecht üblichen Fertigkeiten war ich zur Vollkommenheit gelangt. Im Kloster war ich dem Unterricht stehts weit voraus gewesen, meine Kenntnisse waren für mein Alter ganz erstaunlich, und in kurzer Zeit hatte ich meine Lehrer überflügelt.

Mein Geist vereinigte alle nur denkbaren Tugenden, er war ein Sammelplatz jeder guten Eigenschaft und jeder edlen Regung.

Mein einziger Fehler – wenn man dies einen Fehler nennen will – war eine empfindsame Seele, die an den Schicksalsschlägen, von denen Freunde und Bekannte und vor allem auch ich betroffen wurden, stets allzu lebhaften Anteil nahm. Aber ach, wie hat sich das geändert! Mein eigenes Ungemach freilich hinterläßt auf mich eine noch ebenso starke Wirkung wie früher, für die Heimsuchungen meiner Mitmenschen jedoch vermag ich nichts mehr zu empfinden. Auch meine Fertigkeiten schwinden allmählich dahin – ich kann weder so gut singen noch so anmutig tanzen wie früher – und das Menuett habe ich gänzlich verlernt.

Adieu
Laura

Vierter Brief
Laura an Marianne

Unser nachbarschaftlicher Verkehr beschränkte sich auf den mit Deiner Mutter. Sie mag Dir erzählt haben, daß sie sich, nach dem Tod ihrer Eltern in beschränkten Verhältnissen lebend, aus pekuniären Gründen nach Wales zurückgezogen hatte. Dort nahm unsere Freundschaft ihren Anfang. Isabel war damals einundzwanzig. Obzwar einnehmend in ihrem Wesen und Auftreten, besaß sie (unter uns gesprochen) nicht den hundertsten Teil meiner Schönheit und meiner Fertigkeiten. Isabel hatte die Welt gesehen. Sie war zwei Jahre in einem der ersten Mädchenpensionate in London und vierzehn Tage in Bath gewesen und hatte einmal in Southampton zu Abend gegessen.

«Hüte dich, meine Laura», pflegte sie zu sagen, «hüte dich vor den schalen Vergnügungen und eitlen Zerstreuungen unserer Hauptstadt. Hüte dich vor dem hohlen Luxus von Bath und den stinkenden Fischen von Southampton.»

«Wie sollte ich wohl diesen Übeln aus dem Weg gehen», versetzte ich, «wenn ich ihnen nie begegne? Es ist kaum denkbar, daß ich je die Zerstreuungen Londons, den Luxus von Bath, die stinkenden Fische von Southampton kosten werde, bin ich doch dazu verurteilt, die Tage meiner Jugend und Schönheit in einem bescheidenen Häuschen im Uske-Tal zu vertrauern.»

Ach, da ahnte ich noch nicht, daß es mir so bald beschieden sein würde, jene schlichte Behausung gegen die falschen Vergnügungen der Welt einzutauschen.

Adieu
Laura

Fünfter Brief
Laura an Marianne

An einem Dezemberabend, als mein Vater, meine Mutter und ich in geselligem Gespräch am Kamin saßen, hörten wir zu unserer größten Überraschung unvermutet ein heftiges Klopfen an der Tür unserer ländlichen Behausung.

Mein Vater machte große Augen. «Was ist das für ein Lärm?» sprach er. «Es klingt, als poche jemand laut an die Tür», erwiderte meine Mutter. «In der Tat!» rief ich. «Das ist auch meine Meinung», versetzte mein Vater. «Es klingt in der Tat, als bearbeite jemand mit ungewöhnlicher Kraft unsere unschuldige Tür.» – «Ja», rief ich. «Es scheint mir wirklich so, als ob jemand Einlaß begehret.»

«Das ist eine andere Frage», erwiderte er. «Wir dürfen uns nicht anmaßen zu entscheiden, aus welchem Grunde geklopft wird, obzwar ich die Möglichkeit, daß wirklich jemand an die Türe pocht, nicht mehr ausschließe.»

An dieser Stelle wurde die Rede meines Vaters durch ein abermaliges lautes Klopfen unterbrochen, das meine Mutter und mich ein wenig beunruhigte.

«Sollen wir nicht doch nachsehen, wer es ist?» fragte sie, «die Dienstboten haben Ausgang.» – «Das finde ich auch», erwiderte ich. «Gewiß», fügte mein Vater an, «auf jeden Fall.» – «Sollen wir also gehen?» fragte meine Mutter. «Je eher, desto besser», erwiderte er. «Verlieren wir keine Zeit!» rief ich.

Ein drittes, noch kraftvolleres Klopfen drang an unser Ohr. «Ich bin sicher, daß jemand an unsere Türe pocht», sagte meine Mutter. «So muß es wohl sein», versetzte mein Vater. «Ich glaube, die Dienstboten sind zurück», sagte ich. «Da – ich höre Mary zur Tür gehen.» – «Nun, das freut mich», versetzte mein Vater. «Denn zu gern wüßte ich, wer es ist.»

Ich hatte richtig vermutet, denn in diesem Moment kam Mary herein und meldete, ein junger Herr und sein Diener stünden vor der Tür, sie hätten sich verirrt, frören gar sehr und bäten um die Erlaubnis, sich an unserem Feuer zu wärmen.

«Willst du sie nicht einlassen?» fragte ich. «Du hast doch keine Einwendungen, Liebste?» sagte mein Vater. «Nicht im mindesten», erwiderte meine Mutter.

Mary verließ, ohne weitere Weisungen abzuwarten, sogleich das Zimmer und kehrte mit dem schönsten und liebenswürdigsten jungen Mann zurück, den ich je zu Gesicht bekommen hatte. Den Diener behielt sie selber.

Meine natürliche Empfindsamkeit war bereits durch das Leiden des unglücklichen Fremden stark angesprochen, und kaum hatte ich ihn erblickt, spürte ich, daß Glück oder Elend meines künftigen Lebens von ihm abhingen.

Adieu
Laura

Sechster Brief
Laura an Marianne

Der edle Jüngling teilte uns mit, daß er Lindsay* hieß; aus bestimmten Gründen will ich ihn hinter dem Namen Talbot* verbergen. Er sei, so sagte er, der Sohn eines englischen Baronets, seine Mutter lebe seit vier Jahren nicht mehr, und er habe eine Schwester, die mittelgroß sei. «Mein Vater», fuhr er fort, «ist ein gemeiner, geldsüchtiger Schuft; nirgend anders als hier, unter so lieben Freunden, würde ich seine Schwächen verraten. Ihre Tugend, liebenswerter Polydor*» – mit diesen Worten wandte er sich an meinen Vater –, «die Ihre, liebe Claudia, und die Ihre, bezaubernde Laura, ermutigen mich, Sie ins Vertrauen zu ziehen.» Wir verneigten uns. «Mein Vater, verführt durch den falschen Glanz des Mammons und den gleisnerischen Pomp von Titeln, bestand darauf, mich mit Lady Dorothea zu vermählen. ‹Niemals›, rief ich. ‹Lady Dorothea ist liebreizend und einnehmend, es gibt keine Frau, die ich ihr vorzöge. Doch wisset, Sir, daß ich sie nie heiraten würde, um Ihnen zu Willen zu sein. Nein, niemand sage von mir, ich hätte meinem Vater etwas zu Gefallen getan.›»

Wir bewunderten diese mannhaft-edle Erwiderung alle sehr, und er fuhr fort: «Sir Edward war verblüfft; er hatte wohl kaum so lebhaften Widerstand erwartet. ‹Wo um des Himmels willen›, sagte er, ‹hast du diesen haarsträubenden Unsinn her? Ich vermute, du hast Romane gelesen.› Eine Antwort dünkte mich unter meiner Würde. Ich schwang mich in den Sattel und machte mich, gefolgt von meinem getreuen William, auf den Weg zu meiner Tante.

Das Haus meines Vaters steht in Bedfordshire, das meiner Tante in Middlesex, und obzwar ich mir schmeichele, in der Geographie einigermaßen bewandert zu sein, fand ich mich – ich weiß nicht wie – plötzlich in diesem schönen Tale wieder, das, wie ich erfuhr, in Südwales liegt, während ich wähnte, bereits bei meiner Tante angelangt zu sein.

Nachdem ich eine Weile, ungewiß über meinen weiteren Weg, am Ufer des Uske herumgerirrt war, begann ich, bitterlich mein grausames Geschick zu beklagen. Es war inzwischen völlig dunkel geworden, kein einziger Stern zeigte sich, der meine Schritte hätte lenken können, und wer weiß, wie es mir noch ergangen wäre, hätte ich nicht in der mich umgebenden tiefen Finsternis endlich ein fernes Licht erblickt, das sich bei näherem Herangehen als der Schein Ihres Feuers erwies. Gleich von dreifachem Ungemach, von Angst, Hunger und Kälte geschlagen, zögerte ich nicht, Einlaß zu heischen, der mir denn auch glücklich gewährt wurde. Und wann, verehrte Laura», fuhr er fort und ergriff meine Hand, «darf ich nun hoffen, den Lohn für all das Leid zu empfangen, das ich trug, seit ich in Liebe zu dir entbrannte? Sag an, wann willst du dich mir zum Lohne geben?»

«Unverzüglich, geliebter, bewundernswürdiger Edward», erwiderte ich. Wir wurden sogleich von meinem Vater getraut, der, wenngleich nicht ordiniert, für ein Kirchenamt bestimmt gewesen war.

Adieu
Laura

Siebenter Brief
Laura an Marianne

Nur noch wenige Tage nach unserer Hochzeit blieben wir im Uske-Tal. Dann nahm ich gerührten Abschied von meinem Vater, meiner Mutter und meiner Schwester Isabel und begleitete Edward zu seiner Tante nach Middlesex. Philippa nahm uns beide äußerst liebreich auf. Meine Ankunft war für sie eine freudige Überraschung, da sie sich nicht nur in völliger Unkenntnis über meine Verbindung mit ihrem Neffen befand, sondern auch nicht die mindeste Ahnung von meiner Existenz gehabt hatte.

Augusta, Edwards Schwester, weilte gerade bei ihr zu Besuch. Sie entsprach in allen Punkten der von ihrem Bruder gegebenen Beschreibung – sie war mittelgroß. Augusta empfing mich ebenso verwundert, aber nicht mit der gleichen Herzlichkeit wie Philippa. Ich spürte in ihrem Wesen eine unangenehme Kälte und abschreckende Zurückhaltung, die mich ebenso schmerzlich wie überraschend berührte. Ihre Haltung mir gegenüber war nicht durch einnehmende Empfindsamkeit oder liebenswürdige Sympathie gekennzeichnet, wie man es füglich bei so einer Begegnung hätte erwarten dürfen. Ihre Ausdrucksweise konnte man weder herzlich noch liebevoll, ihre Höflichkeitsbezeigungen weder lebhaft noch artig nennen. Sie empfing mich keinesfalls mit offenen Armen, obzwar ich schon die meinen ausgestreckt hatte, um Augusten an meine Brust zu drücken.

Ein kurzes Gespräch zwischen Augusta und ihrem Bruder, das ich mit anhörte, verstärkte meine Abneigung und brachte mich zu der Überzeugung, daß ihr Herz weder für die zärtlichen Bande der Liebe noch für die innige Nähe der Freundschaft geschaffen war.

«Doch glaubst du denn, daß mein Vater sich je mit dieser unbedachten Verbindung abfinden wird?» fragte Augusta.

«Augusta», erwiderte der edle Jüngling, «ich dachte, du hättest eine bessere Meinung von mir! Wie kannst du annehmen, ich würde so tief sinken, daß ich die Billigung meines Vaters in irgendeiner mich betreffenden Angelegenheit als belangvoll oder auch nur der Kenntnis wert erachte? Sag an, Augusta, sag es ganz ehrlich: Hast du je erlebt, daß ich seit meinem fünfzehnten Lebensjahr auch nur in der geringfügigsten Kleinigkeit nach seinen Wünschen gefragt oder seinen Rat eingeholt hätte?»

«Du bist wahrlich zu bescheiden in der Beurteilung deiner eigenen Person, Edward», erwiderte sie. «Seit deinem fünfzehnten Lebensjahr? Ich stehe nicht an zu behaupten, geliebter Bruder, daß du, seit du fünf warst, aus freien Stücken nichts mehr von dem machtest, was dein Vater von dir verlangte. Ich fürchte aber doch, daß du dich in Kürze in deinen eigenen Augen wirst demütigen müssen, indem du, um deine Frau erhalten zu können, an Sir Edwards Großherzigkeit appellierst.»

«Niemals, Augusta, werde ich mich so weit von meiner Würde begeben», sagte Edward. «Erhalten! Wie könnte Sir Edward zu Lauras Erhalt beitragen?»

«Nur durch so unbedeutende Dinge wie Essen und Trinken», versetzte sie. «Essen und Trinken!» erwiderte mein Gatte im Tone erhabener Verachtung. «Ja, meinst du denn, eine edle Seele wie meine Laura könne sich nicht durch anderes erhalten als durch das gemeine und undelikate Vertilgen von Speisen und Getränken?» – «Nicht so wirkungsvoll jedenfalls», bemerkte Augusta.

«Mir scheint, du hast nie selbst die köstlichen Schmerzen der Liebe erfahren, Augusta», bemerkte mein Edward. «Ist dein Geschmack schon so verdorben, daß du dir nicht vorstellen kannst, allein von der Liebe zu leben? Daß es eine Lust sein kann, mit dem Gegenstand deiner zärtlichsten Zuneigung ein Dasein in tiefster Not und Armut zu teilen?»

«Du bist zu kindisch», sagte Augusta, «als daß ich Lust hätte, mit dir zu streiten. Doch mag noch einmal die Zeit kommen, da du begreifst ...»

Ihre weiteren Worte konnte ich nicht mehr vernehmen, da in diesem Augenblick eine sehr hübsche junge Frau in das Zimmer geführt wurde, an dessen Tür ich gelauscht hatte. Als ich den Namen «Lady Dorothea» hörte, verließ ich sogleich meinen Platz und folgte ihr in den Salon, denn ich erinnerte mich recht wohl, daß dies die Dame war, die der grausam-unerbittliche Baronet meinem Edward zur Gattin bestimmt hatte.

Dorotheas Besuch galt vorgeblich Philippa und Augusta, doch hatte ich einigen Grund zu der Annahme, daß sie (von Edwards Eheschließung in Kenntnis gesetzt) vor allem mich hatte besichtigen wollen. Bald wurde ich gewahr, daß sie wohl hübsch und elegant anzusehen und gewandt und höflich in ihren Umgangsformen war, im Hinblick auf Zartgefühl, liebevolle Gefühle und verfeinerte Empfindsamkeit aber jener niederen Ordnung angehörte, zu der ich auch Augusta rechnete.

Sie blieb nur eine halbe Stunde und schüttete mir im Verlauf ihres Besuches ebensowenig ihr Herz aus, wie sie mich aufforderte, ihr meine geheimsten Gedanken anzuvertrauen. Du wirst Dir deshalb leicht vorstellen können, liebe Marianne, daß ich für Lady Dorothea weder lebhaftes Wohlgefallen noch aufrichtige Zuneigung empfand.

Adieu
Laura

Achter Brief
Laura an Marianne

Lady Dorothea hatte uns kaum verlassen, als ein weiterer, ebenso unerwarteter Besuch gemeldet wurde. Dies war kein anderer als Sir Edward, der – durch Augusta von der Heirat ihres Bruders in Kenntnis gesetzt – zweifelsohne gekommen war, um ihm Vorhaltungen zu machen, weil er sich ohne sein Wissen mit mir vermählt hatte.

Doch Edward, der diese Absicht vorausgesehen hatte, trat ihm mit heldenhafter Seelenstärke entgegen und richtete die folgenden Worte an ihn: «Sir Edward, ich kenne den Zweck Ihrer Reise hierher. Sie sind in der schnöden Absicht gekommen, mir Vorwürfe zu machen, weil ich mich ohne Ihre Einwilligung auf immer mit meiner Laura verbunden habe. Doch ich bin stolz auf diese Tat, Sir, und rechne es mir zur Ehre an, den Unwillen meines Vaters erregt zu haben.»

Darauf ergriff er meine Hand, und derweilen Sir Edward, Philippa und Augusta – zweifelsohne voller Bewunderung – dieser kühnen Rede nachsannen, führte er mich zu seines Vaters Kutsche, die noch vor der Türe stand und in der wir uns sogleich den Nachstellungen Sir Edwards entzogen.

Die Kutscher hatten zunächst nur die Weisung erhalten, die Straße nach London einzuschlagen, aber sobald wir uns ein wenig besonnen hatten, befahlen wir ihm, nach M*** zu fahren, dem nur wenige

Meilen entfernten Wohnsitz von Edwards bestem Freund.

Wenige Stunden später waren wir in M*** und wurden sogleich zu Sophia, der Frau von Edwards Freund, geführt. Stelle Dir mein Entzücken vor, als ich nach drei vollen Wochen ohne wahre Freundin (denn so würde ich Deine Mutter bezeichnen) eine Frau erblickte, die diesen Namen voll und ganz verdiente. Sophia war etwas mehr als mittelgroß und eine überaus elegante Erscheinung. Ein Ausdruck sanfter Mattigkeit lag auf ihren lieblichen Zügen, was ihrer Schönheit einen zusätzlichen Reiz verlieh und die Tiefe ihres Gemüts kennzeichnete. Sie war ganz Empfindsamkeit und Gefühl. Wir fielen einander in die Arme, schworen uns lebenslange Freundschaft und schütteten einander unverzüglich das Herz aus. Bei dieser ersprießlichen Beschäftigung fand uns Augustus (Edwards Freund), der soeben von einer einsamen Wanderung zurückgekehrt war.

Nie sah ich etwas so Ergreifendes wie die Begegnung zwischen Edward und Augustus. «Mein Leben! Meine Seele!» rief Ersterer. «Mein verehrungswürdiger Engel», erwiderte Letzterer, während sie einander in die Arme fielen. Sophia und ich wurden von unseren Gefühlen überwältigt und sanken abwechselnd auf dem Sofa in Ohnmacht.

Neunter Brief
Von Derselben an Dieselbe

Gegen Abend erhielten wir folgenden Brief Philippas:

«Sir Edward ist äußerst erbost über Eure unvermittelte Abreise. Er ist mit Augusta nach Bedfordshire zurückgefahren. So gern ich mich abermals an Eurer bezaubernden Gesellschaft erfreuen würde, bringe ich es nicht übers Herz, Euch so lieben und verdienstvollen Freunden zu entreißen. Wenn Ihr euren Besuch dort beendet habt, hofft Euch wieder in die Arme zu schließen

Eure
Philippa.»

Wir beantworteten diese zärtlichen Zeilen in geeigneter Form, dankten für die gütige Einladung und versicherten ihr, wir würden gern darauf zurückkommen, wofern wir einmal nicht wüßten wohin. Wohl jeder vernünftige Mensch hätte einen solchen Dankesbrief als Antwort auf ihre Einladung für mehr als ausreichend erachtet, doch unerklärlicherweise muß ihr wohl unser Verhalten mißfallen haben, denn wenige Wochen später ehelichte sie – entweder aus Rache oder um ihre Einsamkeit zu lindern – einen jungen, ungebildeten Mitgiftjäger. Dieser unbedachte Schritt konnte unseren erhabenen Herzen im Hinblick auf uns selbst keinen Seufzer entlocken (obzwar wir uns bewußt waren, daß wir dadurch vermutlich des Vermögens verlustig gingen, das wir nach Philippas Andeutungen glaubten erwarten zu dürfen), doch da wir fürchteten, er könne die irregeleitete Braut in tiefstes Unglück stürzen, waren wir, als wir davon erfuhren, gar sehr in unserer empfindsamen Seele getroffen. Da Augustus und Sophia aufs Liebevollste in uns drangen, ihr Heim für immer als das unsere zu betrachten, beschlossen wir, sie nie mehr zu verlassen.

In Gesellschaft meines Edward und des liebenswürdigen Paares verbrachte ich die glücklichsten Stunden meines Lebens. Die Zeit ging unter gegenseitigen Versicherungen der Freundschaft und Schwüren ewiger Liebe aufs angenehmste dahin, wobei wir vor Störungen völlig sicher waren, da Augustus und Sophia nach ihrer Ankunft Sorge getragen hatten, der Nachbarschaft mitzuteilen, daß sie ihr Glück ausschließlich aneinander fänden und daher keiner weiteren Gesellschaft bedurften. Doch ach, meine liebe Marianne, ein solches Glück ist zu vollkommen, um von Dauer zu sein. Ein vernichtender, unerwarteter Schicksalsschlag machte jäh alle Freude zunichte. Das, was ich Dir bisher über Augustus und Sophia berichtete, hat Dich gewiß davon überzeugt, daß es nie ein glücklicheres Paar gab, und so brauche ich kaum noch zu sagen, daß die Verbindung gegen den Wunsch ihrer grausamen und geldsüchtigen Eltern zustande gekommen war. Diese hatten sich mit größter Hartnäckigkeit, aber durchaus vergeblich bemüht, sie zu einer Ehe mit von beiden jungen Menschen aufs äußerste verabscheuten Partnern zu zwingen, und beide hatten sich mit lobens- und berichtenswerter Seelenstärke standhaft geweigert, diesem despotischen Ansinnen nachzugeben.

Nachdem sie die Fesseln elterlicher Gewalt glücklich durch eine heimliche Heirat* abgeschüttelt hatten, waren sie fest entschlossen, die dadurch gewonnene gute Meinung der Welt nie aufs Spiel zu setzen, indem sie etwa die ihnen von den Eltern zur Versöhnung hingestreckte Hand ergriffen hätten; doch brauchten sie diesen Beweis ihrer hochherzigen Unabhängigkeit nie anzutreten.

Sie waren, als unser Besuch bei ihnen begann, erst wenige Monate verheiratet und hatten in jener Zeit recht angenehm von einer beträchtlichen Summe Geldes gelebt, die Augustus wenige Tage vor der Vermählung mit Sophia seinem unwürdigen Erzeuger geschickt aus dem Schreibsekretär entwendet hatte.

Durch unsere Ankunft erhöhten sich ihre Ausgaben beträchtlich, und ihre Mittel waren bald erschöpft. Doch diese großherzigen Menschen verschmähten es, auch nur eine Bemerkung über ihre Geldnöte zu machen, und die Vorstellung, ihre Schulden zu bezahlen, hätte ihnen die Schamröte ins Gesicht getrieben. Doch ach, was war der Lohn für so viel Selbstlosigkeit? Der schöne Augustus wurde in Haft genommen, und wir waren alle verloren. Solch perfider Verrat wird Dein sanftes Naturell, beste Marianne, ebenso stark berühren, wie er damals auf die zarte Empfindsamkeit Edwards, Sophias, seiner Laura und des liebenswürdigen Augustus einwirkte. Um dieser beispiellosen Roheit die Krone aufzusetzen, teilte man uns mit, daß in Kürze eine Pfändung im Haus stattfinden würde. Was sollten wir tun? Uns blieb nur eins: Seufzend sanken wir auf dem Sofa in Ohnmacht!

Adieu
Laura

Zehnter Brief
Laura, fortgesetzt

Als wir uns ein wenig von den überwältigenden Auswirkungen unseres Kummers erholt hatten, bat Edward uns, wir möchten darüber nachsinnen, was in unserer unseligen Lage am besten zu tun sei, indes er sich zu dem gefangenen Freund begeben wollte, um dessen Unglück zu beklagen. Dies versprachen wir ihm, und er machte sich auf den Weg nach London. In seiner Abwesenheit kamen wir nach reiflicher Überlegung zu dem Schluß, daß es das beste sei, das Haus zu verlassen, das jeden Augenblick der Gerichtsvollzieher in Beschlag nehmen konnte. So erwarteten wir denn ungeduldig Edwards Wiederkehr, um ihn von dem Ergebnis unserer Beratung in Kenntnis zu setzen. Doch kein Edward erschien. Vergeblich zählten wir die dahinschleichenden Minuten – vergeblich vergossen wir Tränen – vergeblich ergingen wir uns in zahllosen Seufzern – kein Edward kehrte zurück. Zu grausam, zu unerwartet traf der Schlag unsere empfindsamen Seelen – wir ertrugen es nicht – wir sanken in Ohnmacht. Schließlich aber nahm ich alle Kraft zusammen, erhob mich, packte einiges Notwendige an Kleidung für Sophia und mich, schleppte sie zu einer Kutsche, die ich hatte kommen lassen, und wir machten uns sogleich auf den Weg nach London. Da das Heim von Augustus nur zwölf Meilen von der Hauptstadt entfernt war, währte es nicht lange, bis wir dort eintrafen, und kaum hatten wir Holborn erreicht, ließ ich die Scheibe herunter und fragte jeden ehrbar aussehenden Menschen, an dem wir vorüberrollten, ob er meinen Edward gesehen habe.

Doch war unsere Fahrt zu schnell, als daß die Befragten Zeit zu einer Antwort gehabt hätten, so daß ich wenig oder gar nichts über seinen Verbleib erfuhr. «Wohin soll ich fahren?» fragte der Kutscher. «Nach Newgate*, wackerer Mann», erwiderte ich. «Zu Augustus.» – «Nein, nein», rief Sophia. «Nicht nach Newgate. Der Anblick meines so grausam inhaftierten Augustus wäre mir unerträglich. Schon durch die Vorstellung seiner mißlichen Lage sind meine Gefühle tief erschüttert. Das eigene Erleben wäre zuviel für meine Empfindsamkeit.» Da ich ihr das aus innerster Seele nachfühlen konnte, wurde der Postillon angewiesen, sogleich wieder aufs Land zurückzufahren. Es mag Dich wundernehmen, liebe Marianne, daß mir in jener Notlage, jeder finanziellen Stütze beraubt und ohne ein Dach über dem

Kopf, nicht meine Eltern oder mein Elternhaus im Uske-Tal in den Sinn kamen. Zur Erklärung dieser scheinbaren Vergeßlichkeit muß ich eine Kleinigkeit nachtragen, die ich wohl bisher zu erwähnen versäumte, daß nämlich wenige Wochen nach meiner Abreise meine Eltern das Zeitliche gesegnet hatten. Durch ihr Ableben wurde ich rechtmäßige Erbin ihres Hauses und Vermögens. Doch leider war das Haus nie ihr eigen gewesen, und an Vermögen hatten sie nur eine Leibrente, die mit ihrem Tode erlosch. So schlecht ist diese Welt! Zu Deiner Mutter wäre ich mit dem größten Vergnügen zurückgekehrt, nur zu gern hätte ich sie mit meiner bezaubernden Sophia bekanntgemacht und bereitwillig den Rest meines Lebens in der Gesellschaft dieser beiden lieben Menschen im Uske-Tal verbracht, doch wurde dieser verlockende Plan durch die Heirat Deiner Mutter und ihren Wegzug in einen entlegenen Winkel Irlands zunichte gemacht.

Adieu
Laura

Elfter Brief
Laura, fortgesetzt

«Ich habe einen Verwandten in Schottland», sagte Sophia zu mir, während wir London hinter uns ließen, «der gewiß nicht zögern würde, mich aufzunehmen.» «Soll ich den Kutscher anweisen, dorthin zu fahren?» fragte ich, doch dann besann ich mich und fuhr fort: «Doch nein, es dürfte zuviel für die

Pferde werden.» Da ich jedoch die Entscheidung nicht allein aufgrund meiner unzureichenden Kenntnisse über Kraft und Ausdauer von Pferden treffen mochte, befragte ich den Postillon, der jedoch meine Meinung teilte. So beschlossen wir denn, in der nächsten Stadt die Pferde zu wechseln und den Rest des Weges per Extrapost* zu reisen.

Auf der letzten Station unserer Fahrt angelangt, von der es nur wenige Meilen bis zu dem Wohnsitz von Sophias Anverwandtem war, schrieben wir ihm, da wir ihm nicht plötzlich und unerwartet ins Haus schneien wollten, einen formvollendeten Brief, in dem wir ihm unsere traurige Lage schilderten und ihn von unserer Absicht in Kenntnis setzten, einige Monate bei ihm in Schottland zu verbringen. Sobald wir dieses Schreiben auf den Weg gebracht hatten, schickten wir uns an, ihm persönlich nachzufolgen, und wollten gerade die Chaise besteigen, als wir einen mit einer Krone gezierten Vierspänner in den Hof fahren sahen, dem ein Herr in vorgerücktem Alter entstieg. Bei seinem Anblick regte es sich gar seltsam in meiner empfindsamen Seele, und ich hatte kaum einen zweiten Blick auf ihn geworfen, als eine instinktive Sympathie meinem Herzen zuraunte, dies müsse mein Großvater sein.

Von der Richtigkeit dieser Vermutung fest überzeugt, sprang ich aus der Kutsche, in der ich mich gerade niedergelassen hatte, folgte dem ehrwürdigen Fremden in das Zimmer, in das man ihn geführt hatte, warf mich vor ihm auf die Knie und flehte ihn an, mich als seine Enkelin anzuerkennen. Er fuhr zusammen, und nachdem er aufmerksam in meinen Zügen geforscht hatte, hob er mich liebreich auf, legte mir die großväterlichen Arme um den Hals und rief: «Dich anerkennen! Ja, geliebtes Abbild meiner Laurina und meiner Laurina Tochter, süße Erinnerung an meine Claudia und meiner Claudia Mutter – ich erkenne dich als die Tochter der einen und Enkelin der anderen.» Während er mich noch zärtlich umarmte, betrat Sophia, erstaunt über mein langes Ausbleiben, das Zimmer, um nach mir zu sehen. Kaum war der Blick des würdigen Alten auf sie gefallen, als er mit allen Anzeichen der Verwunderung ausrief: «Noch eine Enkelin! Ja, ja, ich sehe, daß du die Tochter der Ältesten meiner Laurina bist, deine Ähnlichkeit mit der holden Matilda* verrät es.» – «Ach», erwiderte Sophia, «sobald ich Sie erblickte, flüsterte der Instinkt der Natur mir zu, daß verwandtschaftliche Bande zwischen uns bestehen, doch ob von der großväterlichen oder der großmütterlichen Seite, maßte ich mir nicht an zu entscheiden.»

Er nahm sie in die Arme, und während er sie zärtlich an sich drückte, öffnete sich die Tür, und ein wunderschöner junger Mann erschien. Bei seinem Anblick fuhr Lord St. Clair zusammen, wich mit erhobenen Händen einige Schritte zurück und sprach: «Noch ein Enkelkind! Welch unvermutetes Glück, innerhalb von drei Minuten so viele meiner

Nachkommen zu entdecken. Dies muß Philander sein, der Sohn der dritten Tochter meiner Laurine, der liebenswürdigen Bertha. Mit Gustavus wäre die Schar von Laurinas Enkelkindern vollständig um mich versammelt.»

«Und hier», sagte der anmutige Jüngling, der in diesem Moment den Raum betrat, «ist eben jener Gustavus, den du zu sehen begehrtest. Ich bin der Sohn von Agatha, Laurinas jüngster Tochter.» – «Ja, in der Tat, ich sehe es», bestätigte Lord St. Clair. «Doch sprich», fuhr er fort und sah unruhig zur Türe, «sprich, gibt es weitere Enkelkinder von mir im Haus?» – «Nein, Mylord.» – «Dann will ich euch alle auf der Stelle versorgen. Hier sind vier Banknoten über fünfzig Pfund. Nehmt sie und denkt daran, daß ich meine Großvaterpflicht erfüllt habe.» Er verließ unverzüglich das Zimmer und gleich darauf das Wirtshaus.

Adieu
Laura

Zwölfter Brief
Laura, fortgesetzt

Du kannst Dir unsere Überraschung angesichts des jähen Aufbruchs von Lord St. Clair vorstellen. «Nichtswürdiger Großvater», rief Sophie. «Elender Greis», rief ich, und ohnmächtig sanken wir einander in die Arme. Wie lange wir so verharrten, weiß ich nicht, doch als wir wieder zu uns kamen, waren wir allein; Gustavus, Philander und die Banknoten waren verschwunden. Während wir unser unseliges Geschick beklagten, öffnete sich die Zimmertür, und «Macdonald» wurde gemeldet. Es war Sophias Vetter. Die Eile, mit der er uns so bald nach Erhalt unseres Schreibens zu Hilfe kam, sprach so sehr zu seinen Gunsten, daß ich nicht zögerte, ihn auf den ersten Blick als zärtlich-mitfühlenden Freund zu bezeichnen. Doch ach, er verdiente diesen Namen nicht. Beteuerte er doch, unser Unglück habe ihn sehr betroffen, obschon ihm nach eigenem Bekunden die Lektüre unseres Briefes keinen einzigen Seufzer, keine einzige Verwünschung unserer mißgünstigen Sterne entlockt hatte. Er sagte zu Sophia, seine Tochter habe ihm den Auftrag gegeben, sie nach Macdonald Hall zu bringen, und er würde sich freuen, mich, als Freundin seiner Cousine, ebenfalls dort begrüßen zu können. So fuhren wir denn hin und wurden von Janetta, der Tochter von Macdonald und Herrin auf Macdonald Hall, mit großer Freundlichkeit aufgenommen. Janetta war damals erst fünfzehn; die Natur hatte sie mit einem ausgeglichenen Gemüt, einem empfindsamen Herzen und teilnahmsvollen Wesen bedacht. Wären diese liebenswerten Eigenschaften angemessen gefördert worden, hätte sie zu einer Zierde des Menschengeschlechts werden können. Leider aber gebrach es ihrem Vater an der notwendigen Hochherzigkeit, um so vielversprechende Anlagen würdigen zu können. Mehr noch, er hatte alles getan, um ihre weitere Entfaltung zu behindern und die natürlich-edle

Empfindsamkeit des jungen Herzens so weit unterdrückt, daß Janetta den Antrag eines von ihm empfohlenen jungen Mannes angenommen hatte. In wenigen Monaten sollte Hochzeit sein, und Graham befand sich im Haus, als wir eintrafen. Wir hatten seinen Charakter gar bald durchschaut; von einem Manne, den Macdonald seiner Tochter bestimmt hatte, konnte man nichts anderes erwarten. Er sei verständig, hieß es, gebildet und von angenehmem Wesen. In derlei unwichtigen Dingen maßten wir uns kein Urteil an, doch da er gewiß nie «Werthers Leiden» gelesen und sein Haar nicht den Hauch eines rötlichen Schimmers hatte, stand für uns fest, daß Janetta für ihn keinerlei Zuneigung empfinden konnte – oder zumindest nicht hätte empfinden dürfen. Daß er die Wahl ihres Vaters war, sprach so stark gegen ihn, daß dies in Janettas Augen, selbst wenn er ihrer würdig gewesen wäre, ein Grund hätte sein müssen, ihn abzuweisen. Diese Erwägungen gedachten wir ins rechte Licht zu rükken und zweifelten nicht daran, damit den gewünschten Erfolg bei einem Mädchen zu erzielen, das so vielversprechende Anlagen besaß und nur mangels hinreichenden Zutrauens zu ihrer eigenen Meinung und der nötigen Verachtung für ihren Vater einen falschen Weg eingeschlagen hatte. Tatsächlich gab ihre Haltung zu den schönsten Hoffnungen Anlaß. Wir konnten sie mühelos davon überzeugen, daß sie Graham unmöglich heiraten könne und daß es ihre Pflicht sei, ihrem Vater den

Gehorsam aufzukündigen. Einzig unsere Beteuerung, sie müsse einen anderen lieben, ließ sie ein wenig zögern. Geraume Zeit versicherte sie, es gäbe keinen anderen jungen Mann, für den sie auch nur die mindeste Zuneigung empfinde, doch als wir ihr vorstellten, daß dies unmöglich sei, räumte sie ein, von allen ihren Bekannten sei ihr Hauptmann M' Kenzie der liebste. Dieses Bekenntnis stellte uns zufrieden, und nachdem wir M' Kenzies gute Eigenschaften aufgezählt und ihr versichert hatten, sie sei leidenschaftlich in ihn verliebt, wollten wir wissen, ob er sich ihr schon erklärt habe.

«Er hat mir nie von seiner Zuneigung gesprochen», erwiderte Janetta, «ja, ich fürchte fast, daß er gar nichts für mich empfindet.» – «Er betet dich an, soviel ist sicher», versetzte Sophia. «Kein Zweifel, die Zuneigung beruht auf Gegenseitigkeit. Hat er dir nie bewundernde Blicke zugeworfen, dir zärtlich die Hand gedrückt, unwillkürlich eine Träne vergossen und unvermittelt das Zimmer verlassen?» – «Nicht daß ich wüßte», erwiderte sie. «Er hat wohl das Zimmer verlassen, wenn sein Besuch beendet war, aber nie unvermittelt oder ohne sich zu verneigen.»

«Du mußt dich irren, mein Herz», sagte ich. «Es ist undenkbar, daß er dich jemals nicht überstürzt, verwirrt, verzweifelt verlassen hätte. Bedenke doch, Janetta, wie abgeschmackt es ist anzunehmen, er könne sich je verneigt oder sich wie andere gewöhnliche Menschen benommen haben.» Nachdem dieser Punkt zu unserer Zufriedenheit geklärt war, mußten wir nun überlegen, wie wir M' Kenzie davon in Kenntnis setzen sollten, welch günstige Meinung Janetta sich von ihm gebildet hatte. Wir entschieden uns für einen anonymen Brief, den Sophia wie folgt abfaßte:

«O glücklicher Liebhaber der schönen Janetta! O beneidenswerter Besitzer eines Herzens, das einem anderen bestimmt ist! Weshalb zögern Sie noch, Ihre Liebe zu gestehen? Bedenken Sie, daß in wenigen Wochen jede schmeichelnde Hoffnung, die Sie derzeit hegen mögen, durch die Vereinigung des unglücklichen Opfers väterlicher Grausamkeit mit dem hassenswert abscheulichen Graham dahin sein wird.

Ach, weshalb arbeiten Sie so grausam auf Ihrer beider künftiges Unglück hin, indem Sie es immer wieder hinausschieben, die Schöne von dem Plan in Kenntnis zu setzen, der gewiß schon lange Ihre Phantasie beschäftigt? Eine heimliche Vermählung wird mit einem Schlag Ihr gemeinsames Glück sichern.»

Nach Erhalt dieses Billets flog der liebenswürdige M'Kenzie, den, wie er uns später versicherte, nur seine Bescheidenheit veranlaßt hatte, die leidenschaftliche Zuneigung zu Janetta für sich zu behalten, auf den Schwingen der Liebe nach Macdonald Hall und erklärte sich so eindrucksvoll, daß sie zu meiner und Sophias größter Genugtuung nach einigen weiteren Gesprächen unter vier Augen nach

Gretna Green aufbrachen, das sie trotz der beträchtlichen Entfernung von Macdonald Hall als Ort der Eheschließung gewählt hatten.

Adieu
Laura

Dreizehnter Brief
Laura, fortgesetzt

Sie waren schon mehrere Stunden fort, ehe Macdonald und Graham Verdacht schöpften, und auch dann hätten sie vielleicht noch nichts geahnt, wenn sich nicht der folgende kleine Zwischenfall zugetragen hätte. Als Sophie eines Tages zufällig mit einem ihrer Schlüssel eine verborgene Lade in Macdonalds Bibliothek geöffnet hatte, fand sie darin wichtige Papiere und auch etliche Banknoten von beträchtlichem Wert. Sie setzte mich von dieser Entdeckung in Kenntnis, und da wir darin übereinstimmten, daß es einem so nichtswürdigen Schuft wie Macdonald nur recht geschah, wenn man ihm seinen womöglich unredlich erworbenen Mammon nahm, kamen wir überein, der Lade immer dann, wenn uns der Weg zufällig daran vorüberführte, eine oder mehrere Banknoten zu entnehmen. Diesen gutgemeinten Plan hatten wir schon oft erfolgreich ausgeführt, doch als am Tage von Janettas Flucht Sophia gerade gemessen die fünfte Banknote aus der Lade in ihren eigenen Geldbeutel steckte, wurde sie dabei rücksichtslos von Macdonald gestört, der in großer Hast und Eile die Bibliothek betrat. Sophie (die – gewöhnlich von gewinnender Sanftmut – nötigenfalls alle Würde ihres Geschlechts aufzubieten vermag) zog eine bedrohliche Miene, maß den kühnen Eindringling mit einem zornigen Blick und fragte in hochmütigem Ton, weshalb man sie so rücksichtslos aus ihrer Beschaulichkeit reiße. Ohne zu erröten oder auf ihre Frage einzugehen, erfrechte sich Macdonald, ihr einen schnöden Gelddiebstahl vorzuwerfen. «Schuft!» rief Sophia, ganz gekränkte Würde, während sie schleunigst die Banknote wieder in die Lade zurücklegte. «Wie können Sie es wagen, mich einer Tat zu bezichtigen, an die auch nur zu denken mir die Schamröte ins Gesicht treibt?» Der niederträchtige Schurke war noch nicht überzeugt und fuhr fort, Sophia mit infamen Worten zu schmähen, so daß die natürliche Sanftmut ihres Wesens sie verließ und sie ihn zur Vergeltung von Janettas Flucht erzählte sowie der tätigen Rolle, die wir dabei gespielt hatten. Bis zu diesem Punkt war die Auseinandersetzung gediehen, als ich die Bibliothek betrat. Ich war, wie Du Dir denken kannst, über die unbegründeten Anwürfe des schurkischen, verächtlichen Macdonald ebenso empört wie Sophia. «Gemeiner Bösewicht, wie können Sie es wagen, den fleckenlosen Ruf einer so hell strahlenden Tugend zu beschmutzen? Wollen Sie dann nicht gleich auch an *meiner* Unschuld zweifeln?»

«Doch, Madam», sagte er. «Das eben will ich, und deshalb muß ich Sie beide ersuchen, in weniger als einer halben Stunde das Haus zu verlassen.»

«Nur zu gern», erwiderte Sophia. «Seit langem verabscheut Sie unser Herz. Nur die Freundschaft, die uns mit Ihrer Tochter verbindet, veranlaßte uns, so lange unter Ihrem Dach zu verweilen.»

«Ihre Freundschaft mit meiner Tochter haben Sie in der Tat hinreichend bewiesen, indem Sie Janetta einem gewissenlosen Glücksritter in die Arme trieben», versetzte er.

«Ja», rief ich, «bei allem Unglück wird es mir ein Trost sein zu wissen, daß wir mit diesem Freundschaftsdienst an Janetta aller Verpflichtungen ihrem Vater gegenüber ledig sind.»

«Das muß für große Geister wie Sie in der Tat eine beträchtliche Genugtuung sein», bemerkte er.

Wir packten unsere Garderobe und unsere Wertsachen zusammen und verließen Macdonald Hall. Nachdem wir eineinhalb Meilen gegangen waren, setzten wir uns an einem hellen, klaren Bächlein nieder, um unsere müden Glieder zu kühlen. Der Ort lud zur Besinnung ein. Ein Hain mit hohen Ulmen gewährte Schutz nach Osten, ein Feld mit hohen Nesseln Schutz nach Westen. Zu unseren Füßen verlief der murmelnde Bach, hinter uns verlief die Mautstraße. In kontemplativer Stimmung gaben wir uns dem Genuß eines so schönen Fleckchens Erde hin. Schließlich brach ich das Schweigen, das schon geraume Zeit gewährt hatte, und rief: «Welch lieblicher Anblick! Ach, könnten doch Edward und Augustus ihn mit uns genießen!»

«O geliebte Laura!» rief Sophia. «Erinnere mich

um des Himmels willen nicht an die unselige Lage meines gefangenen Gatten. Was gäbe ich nicht darum zu erfahren, wie es ihm ergeht, ob er noch in Newgate oder schon gehängt ist. Doch könnte sich meine empfindsame Seele nie so weit überwinden, Erkundigungen über ihn einzuziehen. Ich flehe dich an, nenne nicht noch einmal seinen geliebten Namen ... es erschüttert mich zu sehr ... ich kann es nicht ertragen, von ihm sprechen zu hören, es verletzt meine Gefühle.»

«Verzeih, meine Sophia, wenn ich dir unwillentlich weh tat», erwiderte ich, dann wechselte ich das Thema und forderte sie auf, die edle Größe der Ulmen zu betrachten, die uns vor dem östlichen Zephyr schützten. «Nichts mehr von diesem traurigen Thema, o meine Laura», bat sie. «Verletze nicht erneut meine empfindliche Seele mit Bemerkungen über jene Ulmen. Sie erinnern mich an Augustus. Er war wie sie, hochgewachsen und majestätisch. Er besaß jene edle Größe, die du an ihnen bewunderst.» Ich schwieg, da ich fürchtete, sie unwillkürlich durch ein Thema zu bekümmern, das sie abermals an Augustus erinnern mochte.

«Warum sagst du nichts, meine Laura?» sprach sie nach einer kurzen Pause. «Ich ertrage diese Stille nicht, du darfst mich nicht meinen Gedanken überlassen, die immer wieder zu Augustus zurückkehren.»

«Welch schöner Himmel», sagte ich. «Wie bezaubernd ist dies Blau mit den zarten weißen Streifen.»

«Ach, meine Laura», sagte sie und schlug nach einem raschen Blick gen Himmel sogleich die Augen nieder, «bekümmere mich nicht, indem du mich auf etwas hinweisest, was mich so grausam an die blauweißgestreifte Seidenweste meines Augustus erinnert. Wenn du Erbarmen mit deiner unglücklichen Freundin hast, gehst du einem so betrüblichen Thema aus dem Wege.» Was konnte ich tun? Sophias Gefühle waren so aufgewühlt, die Zärtlichkeit, die sie für Augustus empfand, so schmerzlich, daß ich kein weiteres Thema anzuschneiden vermochte, da ich zu Recht fürchtete, unvermutet alte Wunden aufzureißen und ihre Gedanken wieder auf den Gatten zu richten. Doch gar nichts zu sagen wäre ebenfalls grausam gewesen; sie hatte mich ja ersucht, mit ihr zu sprechen.

Aus diesem Dilemma befreite mich ein Zwischenfall, der sehr gelegen kam: Auf der Straße, die hinter uns verlief, war ein Phaeton umgestürzt. Dies war ein glücklicher Umstand, da er Sophia von ihren trüben Gedanken ablenkte.

Wir erhoben uns sogleich und eilten jenen zu Hilfe, die, eben noch stolz auf einem modisch hohen Phaeton thronend, jetzt im Staub der Straße lagen. «Welch lohnende Anregungen zu Reflexionen über die unbeständigen Freuden dieser Welt bieten doch ein Phaeton und das Leben des Kardinal Wolsey* einem denkenden Geist», sagte ich zu Sophia, während wir zur Walstatt eilten.

Zu einer Antwort blieb keine Zeit, denn alle

Gedanken richteten sich jetzt auf das traurige Bild, das sich uns bot. Wir sahen zwei äußerst elegant gekleidete junge Herren in ihrem Blute liegen ... wir traten näher ... es waren Edward und Augustus. Ja, beste Marianne, es waren unsere Ehemänner. Sophia schrie auf und sank ohnmächtig zu Boden. Ich schrie auf und fing an zu rasen. So verharrten wir, unserer Sinne nicht mächtig, einige Minuten, kamen wieder zu uns und fielen sogleich in den vorigen Zustand zurück. Darüber gingen fünf Viertelstunden hin. Sophia sank in Ohnmacht, ich raste. Schließlich brachte uns ein Stöhnen des unseligen Edward (in dem allein noch eine Spur von Leben war) wieder zur Besinnung. Hätten wir zuvor auch nur geahnt, daß einer von beiden noch auf dieser Welt weilte, hätten wir uns nicht so ausschließlich unserem Kummer hingegeben; doch da wir zunächst geglaubt hatten, sie seien beide dahingeschieden, hatten wir gemeint, es bliebe uns nichts anderes zu tun. Sobald wir Edwards Stöhnen vernahmen, verschoben wir unser Wehklagen auf später, eilten zu dem geliebten Jüngling, knieten rechts und links von ihm nieder und flehten ihn an, nicht zu sterben. «Laura», sagte er und richtete den jetzt so matten Blick auf mich, «Laura, ich fürchte, ich bin zu Fall gebracht worden.»

Ich war überglücklich, ihn noch bei Besinnung zu finden.

«O sag an, mein Edward», flehte ich, «sag mir doch, ehe du stirbst, was dir seit jenem unseligen

Tag widerfuhr, als Augustus in Haft genommen wurde und wir uns trennen mußten.»

«Das will ich tun», sagte er, holte tief Atem und verschied. Sophia sank sogleich wieder in Ohnmacht. Mein Kummer machte sich hörbarer Luft. Meine Stimme schwankte, mein Blick ging ins Leere, mein Gesicht wurde totenblaß, und meine Sinne verwirrten sich.

«Sprecht mir nicht von Phaetons», lallte ich in wirren, abgerissenen Sätzen. «Gebt mir eine Geige ... ich werde ihm aufspielen und ihm in Stunden der Trübsal Trost spenden ... Hütet euch, liebliche Nymphen, vor Cupidos Donnerkeilen, vermeidet Jupiters spitze Pfeile ... schaut diesen Fichtenhain ... ich sehe eine Hammelkeule ... Sie sagten mir, Edward sei nicht tot, doch haben sie mich getäuscht ... sie nahmen ihn für eine Gurke* ...» So faselte ich weiter über meines Edwards Tod. Zwei Stunden raste und tobte ich und hätte auch dann nicht aufgehört, da ich keinerlei Erschöpfung verspürte, hätte nicht Sophia, die soeben aus ihrer Ohnmacht erwacht war, mich darauf hingewiesen, daß die Nacht hereinbrach und Nebel aufzogen. «Und wohin sollen wir uns wenden», sagte ich, «um uns vor beidem zu schützen?» – «Zu jener weißen Kate dort», erwiderte sie und deutete auf ein sauberes Häuschen in dem Ulmenhain, das ich zuvor nicht bemerkt hatte. Ich stimme zu, wir machten uns sogleich auf den Weg und klopften an die Türe. Eine alte Frau öffnete, und als wir sie um ein

Nachtlager baten, erwiderte sie, ihr Haus sei klein und habe nur zwei Schlafräume, von denen sie uns aber einen gern überlassen wolle. Damit waren wir zufrieden und folgten der guten Frau ins Haus, wo wir zu unserer großen Freude ein freundlich flakkerndes Feuer erblickten. Sie war Witwe und hatte nur eine Tochter, die damals gerade siebzehn geworden war, gewiß ein schönes Alter, doch ach, sie war von sehr anspruchslosem Äußeren und hieß Bridget. So waren denn von ihr weder erhabene Ideen noch Zartgefühl oder verfeinerte Empfindsamkeit zu erwarten. Sie war nichts weiter als ein gutherziges, artiges und hilfsbereites junges Frauenzimmer, dem man schwerlich mit Abneigung, allenfalls mit bedauernder Verachtung begegnen konnte.

Adieu
Laura

Vierzehnter Brief
Laura, fortgesetzt

Wappne Dich, liebe junge Freundin, mit allem Dir zur Verfügung stehenden Gleichmut, biete alle Seelenstärke auf, die Du besitzest, denn bei der Lektüre der nachfolgenden Blätter wird Deine Empfindsamkeit auf eine harte Probe gestellt. Was war alles bisher erlittene Unglück, von dem ich Dir berichtete, gegen das, was zu erzählen ich jetzt im Begriffe bin! Der Tod meines Vaters, meiner Mutter, meines Gatten – wiewohl fast mehr, als mein sanftes Naturell ertragen konnte – war eine Kleinigkeit gegen das, wovon jetzt die Rede sein soll. Am Morgen nach unserer Ankunft in der Kate klagte Sophia über heftige Schmerzen in den zarten Gliedern und quälendes Kopfweh. Beides schrieb sie einer Erkältung zu, die sie sich durch ihre wiederholten Ohnmachten in der neblig-feuchten Abendluft zugezogen hatte. Das hielt auch ich für leider sehr wahrscheinlich; daß ich von einer solchen Indisposition verschont geblieben war, ließ sich nur dadurch erklären, daß die durch meine Raserei hervorgerufene körperliche Bewegung mein Blut so wirksam in Wallung gebracht hatte, daß die Kühle der Nacht nichts gegen mich vermochte, indes die reglos am Boden liegende Sophia ihr schutzlos ausgeliefert war. Ihr Unwohlsein, das Dir zunächst als unbedeutend erscheinen mag, beunruhigte mich sehr, und mein durch die Empfindsamkeit geschärfter Instinkt raunte mir zu, daß dieses Ungemach für Sophia den sicheren Tod bedeuten konnte.

Meine Befürchtungen waren leider nur zu begründet. Ihr Zustand verschlechterte sich, und meine Sorge um sie wuchs von Tag zu Tag. Schließlich mußte sie ganz das Bett hüten, das unsere treffliche Hauswirtin uns zugewiesen hatte, und ihr Leiden entwickelte sich zu einer galoppierenden Schwindsucht, die sie in wenigen Tagen dahinraffte. Bei allem Wehklagen (das, wie Du Dir denken kannst, von großer Heftigkeit war) gewährte mir doch der Gedanke einigen Trost, daß ich ihr in den Tagen der Krankheit jede nur mögliche Pflege hatte angedeihen lassen. Täglich hatte ich an ihrem Lager geweint, hatte ihr liebes Gesicht mit meinen Tränen genetzt und anhaltend ihre zarte Hand gedrückt. «Geliebte Laura», sagte sie wenige Stunden vor ihrem Hinscheiden, «laß dir mein unseliges Ende zur Warnung dienen und vermeide mein unbedachtes Verhalten. Hüte dich vor Ohnmachten. So angenehm und erquicklich sie zunächst auch sein mögen, wirken sie doch bei zu häufiger Wiederholung und zur falschen Jahreszeit verderblich auf die Konstitution. Mein Schicksal sei dir eine Lehre. Ich sterbe als Opfer meines Kummers um Augustus. Eine unheilvolle Ohnmacht hat mich das Leben gekostet. Hüte dich davor, in Ohnmacht zu sinken, beste Laura. Ein Tobsuchtsanfall ist nicht ein Bruchteil so schädlich, er ertüchtigt den Körper und ist, wofern er nicht zu heftig verläuft, letztlich der Gesundheit förderlich. Rase, so oft du magst, doch vermeide die Ohnmacht.» Das waren ihre letzten Worte an ihre betrübte Laura, der Ratschlag einer Sterbenden, an den ich mich fortan getreulich hielt.

Nachdem ich meine dahingeschiedene Freundin in ihr frühes Grab gelegt hatte, verließ ich, obzwar es schon später Abend war, unverzüglich den verhaßten Weiler, in dem sie ihre Seele ausgehaucht hatte und in dessen Nähe mein Gatte und Augustus verschieden waren. Ich hatte erst wenige Ellen zurückgelegt, als mich eine Postkutsche* einholte, in der ich sogleich Platz nahm in der Absicht, nach Edinburgh zu fahren, wo ich irgendeine mildtätige Seele zu finden hoffte, die mich aufnehmen und in meiner Bekümmernis trösten würde.

Als ich die Kutsche bestieg, war es so dunkel, daß ich die Zahl meiner Mitreisenden nicht bestimmen konnte, ich sah nur, daß es viele waren. Ohne ihrer weiter zu achten, gab ich mich ganz meinen traurigen Betrachtungen hin. Es herrschte tiefe Stille, eine Stille, die allein durch das laute, anhaltende Schnarchen eines der Reisenden gestört wurde.

Was für ein ungebildeter Wicht muß dieser Mann sein, sagte ich mir. Wer unsere Gefühle durch ein so rücksichtsloses Geräusch beleidigt, dem muß es gänzlich an Feingefühl und Lebensart mangeln. Einem solchen Mann ist jedes Verbrechen zuzutrauen, keine Missetat ist zu schurkisch für so einen Charakter. So dachte ich insgeheim, und ohne Zweifel bewegten auch meine Mitreisenden ähnliche Gedanken.

Als endlich der Tag heraufzog, vermochte ich den ehrlosen Schuft zu erkennen, der meinen Empfindungen so übel mitgespielt hatte. Es war Sir Edward, der Vater meines dahingegangenen Gatten. Neben ihm saß Augusta, und auf meiner Bank erblickte ich Deine Mutter und Lady Dorothea. Denke Dir meine Überraschung, mich inmitten alter Bekannter zu finden! Doch meine Verwunderung steigerte sich noch, als ich durch das Fenster auf dem Kutschbock Philippas Gatten und neben ihm

Philippa erblickte, durch das hintere Fenster aber auf dem offenen Rücksitz Philander und Gustavus gewahrte. «O Himmel!» rief ich. «Ist es denn möglich, daß ich unvermutet von vertrauten Freunden und Bekannten umringt bin?» Diese Worte ließen die übrigen Reisenden aufmerken, und aller Blicke richteten sich auf die Ecke, in der ich saß. «Ach, meine Isabel», fuhr ich fort und fiel ihr über Lady Dorothea hinweg in die Arme. «Drücke deine unglückliche Laura ans Herz. Als wir uns im Uske-Tale trennten, war ich dem besten aller Edwards verbunden und eine glückliche Frau. Damals hatte ich liebe Eltern, und noch war mir kein Ungemach begegnet. Jetzt aber, aller Freunde beraubt bis auf dich ...»

«Höre ich recht?» fiel mir Augusta ins Wort. «Mein Bruder ist tot? Ich flehe Sie an, sagen Sie uns, was ihm zugestoßen ist.»

«Ja, kalte, herzlose Schöne», erwiderte ich. «Ihr unglücklicher Bruder ist nicht mehr, und Sie können als Erbin von Sir Edwards Vermögen frohlocken.»

Obzwar ich sie seit jenem Tag verabscheute, da ich ihr Gespräch mit meinem Edward belauscht hatte, gebot doch die Höflichkeit, ihrer und Sir Edwards Bitte zu willfahren und ihr die ganze traurige Geschichte zur Kenntnis zu geben. Sie war sehr erschüttert, der Bericht ergriff selbst Sir Edwards hartes und Augustas fühlloses Herz. Auf Ersuchen Deiner Mutter erzählte ich auch von all dem anderen Ungemach, das mir seit unserer Trennung widerfahren war. Von Augustus' Gefangensetzung und von Edwards Ausbleiben, unserer Ankunft in Schottland, der unvermuteten Begegnung mit unserem Großvater und unseren Cousins, unserem Besuch auf Macdonald Hall, dem einmaligen Freundschaftsdienst, den wir dort Janetta erwiesen, dem Undank ihres Vaters, seiner unmenschlichen Härte, seinen unerklärlichen Verdächtigungen und der barbarischen Vertreibung aus seinem Haus, unserem Wehklagen über den Verlust von Edward und Augustus und schließlich dem Tod meiner geliebten Gefährtin.

Mitleid und Befremden sprachen aus den Zügen Deiner Mutter, doch muß ich leider sagen – was ihrer Empfindsamkeit wenig zur Ehre gereicht –, daß Letzteres bei weitem überwog. Obschon ich mich bei all diesen Heimsuchungen und Abenteuern ohne Fehl und Tadel verhalten hatte, glaubte sie doch, mich in so manchem Punkte tadeln zu müssen. Da ich mir bewußt war, in all meinem Tun stets meinem empfindsam-vornehmen Wesen gemäß gehandelt zu haben, achtete ich ihrer Worte kaum und bat sie, mir zu sagen, was sie hierher führte, statt mit ungerechtfertigten Anwürfen meinem fleckenlosen Ruf Schaden zu tun. Sobald sie diesen Wunsch erfüllt und mir genauestens berichtet hatte, was ihr seit unserer Trennung zugestoßen war (was Du im einzelnen, wofern Du es noch nicht weißt, von Deiner Mutter wirst erfahren können), erbat ich mir einen solchen Bericht auch von Augusta über sie selbst, Sir Edward und Lady Dorothea.

Da sie sehr viel Sinn für Naturschönheiten besitze, erwiderte sie, habe sie besonders nach der Lektüre von Gilpins «Tour to the Highlands» ein so großes Verlangen gehabt, die entzückenden Landschaften in jenem Teil der Welt mit eigenen Augen zu sehen, daß sie ihren Vater veranlaßt habe, eine Reise nach Schottland zu unternehmen, für die als Begleiterin noch Lady Dorothea gewonnen wurde. Sie waren vor wenigen Tagen in Edinburgh eingetroffen und hatten von dort aus täglich mit eben jener Postkutsche, in der wir jetzt saßen, Ausflüge ins Land hinein gemacht; von einer dieser Exkursionen kamen sie just zurück. Meine nächste Frage galt Philippa und ihrem Gatten. Letzterer hatte, wie ich erfuhr, zunächst ihr ganzes Vermögen durchgebracht und dann, um sein Leben zu fristen, auf eine Fertigkeit zurückgegriffen, die er seit jeher aufs beste beherrschte, nämlich das Kutschieren. Nachdem alles verkauft war, was sie besaßen, war ihnen nur noch die Chaise geblieben. Die hatte er zur Postkutsche umgewandelt und sich, um eine möglichst große Entfernung zwischen sich und die alten Bekannten zu legen, nach Edinburgh begeben, von wo er jeden zweiten Tag nach Sterling fuhr. Philippa, deren Herz noch immer an dem undankbaren Gatten hing, war ihm nach Schottland gefolgt und begleitete ihn gewöhnlich auf seinen kleinen Fahrten nach Sterling. «Nur um ihnen ein wenig Geld zukommen zu lassen», fuhr Augusta fort, «nimmt mein Vater seit unserer Ankunft in Schottland stets ihre Kutsche, um die landschaftlichen Schönheiten zu sehen, denn gewiß wäre es sehr viel angenehmer gewesen, die Reise durch die Highlands per Extrapost zu unternehmen, als jeden zweiten Tag in einer überfüllten, unbequemen Postkutsche von Edinburgh nach Sterling und von Sterling nach Edinburgh zu rumpeln.» Darin gab ich ihr von Herzen recht und tadelte insgeheim Sir Edward dafür, daß er einer törichten alten Frau zuliebe, die für die unkluge Verbindung mit einem so jungen Mann von Rechts wegen Strafe verdient hätte, seiner Tochter die Freude genommen hatte. Doch paßte dieses Verhalten gänzlich zu seinem Charakter, denn was kann man schon von einem Manne erwarten, der nicht den kleinsten Funken von Empfindsamkeit besitzt, kaum weiß, was Mitgefühl bedeutet und obendrein noch schnarcht.

Adieu
Laura

Fünfzehnter Brief
Laura, fortgesetzt

Ich hatte mir vorgenommen, nach der Ankunft in der Stadt, in der wir das Frühstück einnehmen wollten, mit Philander und Gustavus zu sprechen. So begab ich mich denn sogleich zu ihrem Rücksitz, erkundigte mich teilnehmend nach ihrem Befinden und gab meiner Sorge über ihre unbequeme Lage

Ausdruck. Zunächst waren sie ein wenig betroffen, als sie meiner ansichtig wurden, da sie ohne Zweifel befürchteten, ich könnte sie wegen des Geldes, das mein Großvater für mich bestimmt und das sie zu Unrecht an sich genommen hatten, zur Rechenschaft ziehen, doch da ich die Angelegenheit nicht erwähnte, forderten sie mich auf, zu ihnen auf den Rücksitz zu steigen, da wir dort ungestört plaudern könnten. Gesagt, getan. Und während die übrigen Reisenden sich über grünen Tee und Buttertoast hermachten, erquickten wir uns auf vornehm-empfindsame Weise an einem vertraulichen Gespräch. Ich berichtete ihnen alles, was mir im Laufe meines Lebens widerfahren war, und auf meinen Wunsch erstatten auch sie über ihre Erlebnisse Bericht.

«Wir sind, wie Sie bereits wissen, Cousine, die Söhne der zwei jüngsten Töchter, die Laurina, eine italienische Tänzerin, Lord St. Clair geschenkt hatte. Wer unsere Väter waren, vermochten unsere Mütter nicht genau zu sagen, obzwar wir annehmen, daß Philander der Sohn eines gewissen Philip Jones, eines Maurers ist, und daß mein Vater Gregory Staves war, Korsettmacher in Edinburgh. Doch ist das nicht weiter von Belang, denn da unsere Mütter mit den beiden nicht verheiratet waren, ist unser Blut nicht entehrt, sondern ganz von edler, alter Art. Bertha (die Mutter von Philander) und Agatha (meine Mutter) lebten zeit ihres Lebens zusammen. Beide waren nicht sehr reich: zusammen hatten sie ursprünglich ein Vermögen von

9000 Pfund, da sie aber stets vom Kapital lebten, war es, als wir fünfzehn Jahre alt waren, auf 900 Pfund zusammengeschmolzen. Diese Summe Geldes bewahrten sie in der Lade eines der Tische in unserer gemeinsamen Wohnstube auf, um sie immer bequem bei der Hand zu haben. Ob es nun deshalb geschah, weil dieses Geld so mühelos zur Verfügung stand, ob Vater des Gedankens der Wunsch nach Unabhängigkeit war oder es an unserer seit jeher stark ausgeprägten Empfindsamkeit lag, vermag ich nicht mehr zu entscheiden. Fest steht jedenfalls, daß wir als Fünfzehnjährige die 900 Pfund nahmen und durchbrannten. Wir hatten uns vorgenommen, mit dieser Beute haushälterisch umzugehen und uns bei unseren Ausgaben weder von Torheit noch von Verschwendungssucht leiten zu lassen. Deshalb teilten wir die Summe in neun Teile: einen Teil für Lebensmittel, einen für Getränke, einen für die Hauswirtschaft, einen für Kutschen, einen für Pferde, einen für Dienstboten, einen für Vergnügungen, einen für Kleidung und einen für Silberschnallen. Nachdem wir so unsere Ausgaben für zwei Monate geplant hatten (denn so lange, hatten wir uns vorgenommen, sollten die neunhundert Pfund reichen), eilten wir nach London, wo es uns gelang, das Geld in sieben Wochen und einem Tag durchzubringen, sechs Tage eher also als beabsichtigt. Nachdem wir nun glücklich der Last einer so großen Geldsumme ledig waren, erwogen wir die Rückkehr zu unseren Müttern, doch als wir zufällig erfuhren, daß sie mittlerweile beide Hungers gestorben waren, gaben wir diese Absicht auf und beschlossen, uns einer Wanderbühne anzuschließen, da es uns seit jeher zum Theater zog. Wir boten einer Schauspielertruppe unsere Dienste an und wurden angenommen. Das Ensemble war recht klein, es bestand nur aus dem Schauspieldirektor, seiner Frau und uns beiden, doch das bedeutete, daß weniger Leute zu zahlen waren, und das einzig Unbequeme war die in Ermangelung von Akteuren geringe Zahl an Stücken, die wir aufführen konnten. Doch störten wir uns nicht an derlei Kleinigkeiten. Die Aufführung, für die wir am meisten Bewunderung ernteten, war «Macbeth», in dem wir wahrhaft Großes leisteten. Der Schauspieldirektor selbst spielte den Banquo, seine Frau die Lady Macbeth, ich gab die drei Hexen und Philander *alle anderen*. Diese Tragödie war, um der Wahrheit die Ehre zu geben, nicht nur das beste, sondern auch das einzige Stück, das wir je zur Aufführung brachten. Nachdem wir es in ganz England und Wales gezeigt hatten, zogen wir damit nach Schottland, um den Rest von Großbritannien damit zu erfreuen. Zufällig hatten wir in ebenjener Stadt Quartier genommen, in der Sie Ihrem Großvater begegneten. Wir befanden uns in dem Hof des Wirtshauses, als seine Kutsche hereinfuhr, und als wir am Wappen erkannt hatten, wem sie gehörte, wollten wir versuchen, da wir ja wußten, daß Lord St. Clair unser Großvater war, durch Aufdeckung des Verwandtschaftsverhältnisses etwas von ihm zu erlangen, was uns, wie Sie wissen, aufs Beste glückte. Mit den zweihundert Pfund machten wir uns, dem Schauspieldirektor und seiner Frau den Macbeth überlassend, auf den Weg nach Sterling, wo wir unser kleines Vermögen mit großem Aplomb durchbrachten. Wir sind jetzt unterwegs nach Edinburgh, um am Theater unser Glück zu machen, und das, liebe Cousine, ist unsere Geschichte.»

Ich dankte dem wackeren Jüngling für seine unterhaltsame Erzählung; sodann ließ ich die beiden mit den besten Wünschen für Glück und Wohlergehen auf ihrem luftigen Rücksitz allein und kehrte zu meinen anderen Freunden zurück, die mich ungeduldig erwarteten. Meine Abenteuer, beste Marianne, neigen sich fürs erste ihrem Ende zu.

In Edinburgh angekommen, eröffnete mir Sir Edward, daß er mir, als der Witwe seines Sohnes, vierhundert Pfund im Jahr aussetzen wolle.

Ich nahm sein Anerbieten huldvoll an, obzwar ich nicht umhin konnte zu bemerken, daß es von seiten des fühllosen Baronets mehr der Witwe seines Edward als der vornehmen und liebenswürdigen Laura galt.

Ich ließ mich in einem romantischen Weiler in den schottischen Highlands nieder, wo ich seither lebe und mich – ungestört durch nichtssagende Besuche – melancholischer Einsamkeit und der Trauer um meinen Vater, meine Mutter, meinen Gatten und meine Herzensfreundin hingeben kann.

Augusta ist seit etlichen Jahren mit Graham vermählt, der ausgezeichnet zu ihr passen dürfte; sie hatte ihn auf der Reise durch Schottland kennengelernt.

Zur gleichen Zeit nahm Sir Edward in der Hoffnung auf einen Erben für seinen Titel und seine Güter Lady Dorothea zur Frau. Seine Wünsche haben sich erfüllt.

Philander und Gustavus erwarben sich in Edinburgh einen guten Ruf am Theater und spielen jetzt unter den angenommenen Namen Lewis und Quick* in Covent Garden.

Philippa weilt längst nicht mehr unter den Lebenden, doch ihr Gatte kutschiert noch immer von Edinburgh nach Sterling.

Adieu, beste Marianne
Laura

Drei Schwestern

Erster Brief
*Miss Stanhope an Mrs.****

Meine liebe Fanny,
ich bin das glücklichste Geschöpf unter der Sonne, denn Mr. Watts hat mir heute einen Heiratsantrag gemacht. Es ist mein allererster, und ich kann Dir gar nicht sagen, wie stolz und froh ich darüber bin. Wie werde ich über die Duttons triumphieren! Ich glaube fast, daß ich ihn nicht erhören werde, aber weil ich mir noch nicht ganz sicher bin, gab ich ihm eine mehrdeutige Antwort und ließ ihn stehen. Und jetzt, meine liebe Fanny, benötige ich Deinen Rat, ob ich seinen Antrag annehmen soll oder nicht, aber damit Du Dir ein Urteil über seine Meriten und seine geschäftliche Lage bilden kannst, will ich Dir berichten, wie es damit steht. Er ist schon ziemlich alt, etwa zweiunddreißig, und sieht so garstig aus, daß ich ihn kaum anschauen mag. Er ist unausstehlich und für mich der abscheulichste Mensch auf der Welt. Er besitzt ein großes Vermögen und wird mich für den Fall seines Todes gut versorgen; aber ach, er ist kerngesund. Kurzum, ich weiß nicht, wie ich mich verhalten soll. Gebe ich ihm einen Korb, will er, wie er mir andeutete, Sophia seine Hand an-

tragen und wird, wenn auch sie ihn nicht mag, um Georgiana werben, und der Gedanke, daß eine von ihnen vor mir heiratet, ist mir unerträglich. Ich weiß wohl, daß ich für den Rest meines Lebens unglücklich sein werde, wenn ich ihn nehme, denn er ist sehr übellaunig, reizbar und von argwöhnischem Naturell und zudem ein so großer Knicker, daß kein Auskommen mit ihm im Hause ist. Er würde nun mit Mama sprechen, sagte er, das aber verbat ich mir nachdrücklich, denn dann würde sie mich zur Heirat mit ihm zwingen, ob ich ihn will oder nicht; doch hat er es vermutlich inzwischen schon getan, denn er macht nie das, worum man ihn bittet. Ich glaube, ich nehme ihn doch. Welch ein Triumph, vor Sophy, Georgiana und den Duttons verheiratet zu sein! Und er hat versprochen, zur Hochzeit eine neue Equipage anzuschaffen, aber um ein Haar wären wir wegen der Farbe uneins geworden, denn ich bestand auf Blau mit Silber, er dagegen auf schlichtem Schokoladenbraun, und um mich noch mehr zu reizen, sagte er, die neue Equipage solle genau so niedrig sein wie seine alte. Ich sage Dir, ich will ihn nicht. Er würde morgen wiederkommen, meinte er, und sich meine endgültige Antwort holen; ich muß ihn mir wohl doch sichern, solange noch Zeit ist. Die Duttons werden mich beneiden, das ist gewiß, und ich werde Sophy und Georgiana auf allen Winterbällen chaperonieren können. Doch was habe ich davon, wenn er mich wahrscheinlich gar nicht hingehen läßt, denn das Tanzen ist ihm ver-

haßt, und daß andere Menschen an Dingen, die ihm verhaßt sind, Gefallen finden könnten, geht über seinen Verstand. Und überdies spricht er sehr viel davon, daß Frauen ins Haus gehörten und dergleichen. Ich glaube, ich nehme ihn nicht, und das würde ich ihm auch sofort sagen, könnte ich nur sicher sein, daß meine Schwestern seinen Antrag nicht annehmen und er sich, wenn sie ihn abweisen, nicht an die Duttons wendet. Nein, dieses Wagnis kann ich nicht eingehen. Wenn er also verspricht, die Kutsche so zu bestellen, wie ich sie möchte, will ich ihn nehmen, wo nicht, mag er meinethalben allein darin fahren. Ich hoffe, Du billigst meine Entscheidung, etwas Besseres fällt mir nicht ein.
In alter Freundschaft immer die Deine

Mary Stanhope

Von Derselben an Dieselbe

Liebe Fanny,
ich hatte gerade meinen letzten Brief an Dich versiegelt, als meine Mutter heraufkam und sagte, sie wünsche in einer außerordentlichen Angelegenheit mit mir zu sprechen. «Ich weiß schon, worum es geht», sagte ich. «Mr. Watts, dieser alte Narr, hat dir alles erzählt, obschon ich ihn inständig bat, es nicht zu tun. Doch kannst du mich nicht zwingen, ihn zu nehmen, wenn ich nicht will.»

«Ich werde dich nicht zwingen, Kind. Ich möchte nur wissen, wie du über seinen Antrag denkst, und dir nahelegen, dich so oder so zu entscheiden, damit Sophia ihn nehmen kann, falls du ihn nicht willst.»

«Nicht doch», erwiderte ich eilfertig, «Sophia braucht sich darum nicht zu bekümmern, denn ich werde ihn ganz sicher selber heiraten.»

«Wenn du das schon beschlossen hast», sagte meine Mutter, «weiß ich nicht, weshalb du fürchtest, ich könnte dich zu einer dir unwillkommenen Entscheidung zwingen.»

«Weil es für mich noch nicht endgültig feststeht, ob ich ihn nehme oder nicht.»

«Du bist mir schon ein sonderbares Mädchen, Mary. Was du in der einen Minute verkündest, widerrufst du in der nächsten. Sag mir jetzt ein für allemal, ob du Mr. Watts zu heiraten gedenkst oder nicht.» – «Ich bitte dich, Mama, wie kann ich dir sagen, was ich selbst noch nicht weiß?»

«Dann ersuche ich dich, deine Entscheidung möglichst schnell zu treffen, denn Mr. Watts mag sich nicht auf die Folter spannen lassen.» – «Da wird er sich schon nach mir richten müssen.»

«Das wird er nicht, denn wofern du ihm nicht morgen, wenn er zu uns zum Tee kommt, deine endgültige Antwort gibst, will er um Sophy anhalten.»

«Dann werde ich aller Welt verkünden, daß er mir sehr übel mitgespielt hat.»

«Wozu soll das gut sein? Mr. Watts wird schon so lange von aller Welt geschmäht, daß es ihm jetzt nichts mehr ausmachen dürfte.»

«Ich wünschte, ich hätte einen Vater oder einen Bruder, die müßten ihn zum Duell fordern.»

«Das wäre recht schlau von ihnen, denn Mr. Watts würde daraufhin sogleich das Weite suchen, und ebendeshalb sollst und wirst du noch vor morgen abend entscheiden, ob du seinen Antrag annimmst.»

«Aber was muß er um meine Schwestern anhalten, wenn ich ihn nicht will?»

«Meiner Treu, Kind, weil er sich unserer Familie zu verbinden wünscht, und weil deine Schwestern ebenso hübsch sind wie du.»

«Aber wird Sophy ihn erhören, Mama, wenn er um sie anhält?»

«Ei, warum denn nicht? Sollte sie aber seinen Antrag ausschlagen, so muß Georgiana ihn nehmen, denn ich werde mir die Gelegenheit, einer meiner Töchter zu einer so guten Partie zu verhelfen, gewiß nicht entgehen lassen. So nütze denn die Zeit wohl und eile dich, mit dir ins reine zu kommen.»

Damit ging sie. Jetzt, liebe Fanny, bleibt mir nur, Sophy und Georgiana zu fragen, ob sie ihn nehmen wollen, falls er um sie anhält. Wenn sie nein sagen, bin ich entschlossen, ihn auch abzuweisen, denn ich verabscheue ihn mehr, als ich Dir sagen kann. Und sollte er eine der Duttons heiraten, hätte ich immer noch die Genugtuung, daß er sich zuvor bei mir einen Korb geholt hat. Adieu für jetzt, liebste Freundin!

Immer die Deine M. S.

*Miss Georgiana Stanhope an Miss****

Mittwoch

Meine liebe Ann,

Sophy und ich haben soeben meiner älteren Schwester eine kleine Komödie vorgespielt, deren wir uns ein wenig schämen, die aber im Hinblick auf die obwaltenden Umstände am Ende doch entschuldbar ist. Unser Nachbar Mr. Watts hat Mary einen Antrag gemacht, und sie weiß nicht, wie sie sich verhalten soll. Zwar ist er ihr äußerst zuwider (eine Empfindung, mit der sie nicht allein steht), doch würde sie ihn eher heiraten als zuzugeben, daß er um Sophy oder mich anhält, was er, wie er ihr sagte, beabsichtigt, wenn sie ihn abweist, denn Du mußt wissen, daß es die Ärmste als das größte denkbare Unglück ansähe, das ihr widerfahren könnte, wenn wir vor ihr unter die Haube kämen, und um das zu verhindern, wäre sie auch bereit, sich durch eine Verbindung mit Mr. Watts ins Unglück zu stürzen. Vor einer Stunde kam sie, um uns zu unseren Absichten auszuforschen und ihr Verhalten entsprechend einzurichten. Kurz zuvor hatte meine Mutter mit uns über diese Angelegenheit gesprochen und erklärt, sie wolle wohl sorgen, daß er nicht außerhalb unserer Familie nach einer Frau zu suchen brauche. «Deshalb», sagte sie, «soll Sophy ihn haben, wenn Mary ihn nicht will, und wenn Sophy nicht mag, muß es eben Georgiana sein.» Arme Georgiana! Wir machten beide keinen Versuch, meine Mutter von dieser Absicht abzubringen, denn ihre Vorsätze werden, wie ich leider sagen muß, gewöhnlich weniger vom Verstand bestimmt als von dem festen Willen, sie auszuführen. Doch sobald sie uns verlassen hatte, versicherte ich meiner Schwester, erwartete ich für den Fall, daß Mary Mr. Watts abweise, keinesfalls von ihr, daß sie aus Hochherzigkeit ihr Glück aufs Spiel setze, um seine Frau zu werden, wozu sie, wie ich befürchte, aufgrund ihrer Gutmütigkeit und schwesterlichen Zuneigung durchaus imstande wäre.

«Wiegen wir uns», sagte sie, «einstweilen in der Hoffnung, daß Mary ihm keinen Korb gibt. Und doch – wie wäre es möglich, daß meine Schwester einen Mann erhört, der sie nie und nimmer glücklich machen kann?»

«*Er* freilich nicht, wohl aber sein Vermögen, sein Name, sein Haus, seine Equipage. Ich zweifle nicht daran, daß Mary ihn heiraten wird. Warum auch nicht? Er ist nicht älter als zweiunddreißig, ein sehr passendes Heiratsalter für einen Mann. Gewiß, er ist recht unscheinbar, doch was gilt schon Schönheit bei einem Mann? Besitzt er nur eine angenehme Erscheinung und ein verständiges Gesicht, so mag das vollauf genügen.»

«Sehr wahr, Georgiana, doch ist Mr. Watts' Erscheinung leider außerordentlich gewöhnlich, und seine Züge sind sehr grob.»

«Er gilt als übellaunig, aber kann es nicht sein, daß ihn die Welt bisher nur verkannt hat? Sein Auftreten hat etwas Freimütiges, das einem Mann wohl ansteht. Es heißt, er sei ein Knicker; wir wollen ihn einen gewissenhaften Hausvater nennen. Es heißt, er neige zum Argwohn. Der aber entspringt häufig einem hitzigen Temperament, das man der Jugend wohl verzeihen mag. Kurzum, es ist nicht einzusehen, warum er nicht einen sehr guten Ehemann abgeben oder warum Mary nicht sehr glücklich mit ihm werden sollte.»

Sophy lachte, und ich fuhr fort: «Ob aber Mary ihn erhört oder nicht – mein Entschluß steht fest. Ich würde eher betteln gehen, als Mr. Watts heiraten. Er ist von abstoßender Gestalt und hat keine einzige gute Eigenschaft, die einen darüber hinwegsehen ließe. Freilich besitzt er Vermögen. Nur ist es doch nicht gar so groß! Dreitausend im Jahr*. Was sind dreitausend im Jahr? Das ist nur sechsmal soviel wie das Einkommen meiner Mutter und kann mich nicht verlocken.»

«Für Mary freilich ist es eine stolze Summe», versetzte Sophy und lachte wieder.

«Für Mary! Ja, freilich, *sie* sähe ich gern in solchem Wohlstand.»

So plauderten wir zum größten Ergötzen meiner Schwester weiter, bis Mary in beträchtlicher Erregung das Zimmer betrat. Wir rückten am Kamin zusammen, sie setzte sich und schien zunächst nicht recht zu wissen, wie sie beginnen sollte. Schließlich sagte sie ziemlich befangen: «Höre, Sophy, hättest du nicht Lust, dich zu verheiraten?»

«Mich zu verheiraten! Nicht im mindesten. Doch warum fragst du? Kennst du einen Mann, der um mich anhalten will?»

«Ich . . . nein, wie sollte ich. Aber darf ich nicht eine alltägliche Frage stellen?»

«Gar so alltäglich ist die Frage wohl nicht, Mary», versetzte ich.

Nach kurzem Schweigen fuhr sie fort: «Wie würde es dir gefallen, Mr. Watts zu heiraten, Sophy?»

Ich blinzelte Sophy zu und übernahm es, für sie zu antworten: «Wen sollte es nicht freuen, einen Mann mit dreitausend Pfund im Jahr heiraten zu können?»

«Sehr wahr», sagte sie. «Ja, ja, das ist wohl wahr. Du würdest ihn also nehmen, wenn er dir einen Antrag machte, Georgiana? Und du, Sophy?»

Sophy widerstrebte es, eine Unwahrheit zu sagen und ihre Schwester zu täuschen. Sie umging ersteres und beschwichtigte ihr Gewissen ein wenig, indem sie eine mehrdeutige Antwort gab.

«Ich würde genau so handeln wie Georgiana.»

«So hört denn», sagte Mary und blickte uns triumphierend an. *«Ich* bin von Mr. Watts um meine Hand gebeten worden.»

Wir waren natürlich äußerst überrascht. «Ich wünschte, du gäbest ihm einen Korb», sagte ich. «Vielleicht nähme er dann mich.»

Kurzum, der Plan gelang, und um das zu durchkreuzen, was sie für unser künftiges Glück hält, ist Mary bereit, etwas zu tun, was sie nie täte, wenn sie wüßte, daß sie damit in Wirklichkeit unser Glück sicherstellt. Dennoch spricht mein Herz mich nicht frei, und Sophys Bedenken sind noch größer. Beruhige unser Gemüt, liebe Ann, indem du uns schreibst, daß du unser Vorgehen billigst. Überlege alles wohl. Mary wird großen Gefallen daran finden, eine verheiratete Frau zu sein und uns chaperonieren zu können, und das soll sie auch, denn ich fühle mich verpflichtet, in dem neuen Stand, den zu wählen ich sie veranlaßt habe, soweit wie möglich zu ihrem Glück beizutragen. Sie werden wohl eine neue Equipage bekommen, für sie das reinste Paradies, und wenn wir Mr. Watts überdies noch zum Erwerb eines Phaetons bewegen können, wird sie überglücklich sein. Sophy und mich indes könnten diese Dinge nicht über häusliche Trübsal hinwegtrösten. Bedenke all das und verdamme uns nicht.

Freitag

Gestern abend kam Mr. Watts wie verabredet zum Tee. Sobald seine Kutsche vor dem Haus hielt, trat Mary ans Fenster. «Stell dir vor, Sophy», sagte sie, «der alte Narr besteht darauf, daß die neue Equipage genau die gleiche Farbe hat wie die alte und ebenso niedrig ist. Aber ich bin entschlossen, mich durchzusetzen. Und wenn sie nicht so hoch sein kann wie die von den Duttons und nicht in Blau und Silber gehalten ist, nehme ich ihn nicht, das sage ich euch. Da ist er schon. Er wird sich ungehobelt benehmen, das weiß ich im voraus, er wird übler Laune sein und kein höfliches Wort an mich richten oder sich sonst benehmen, wie es sich für einen Liebhaber gehört.» Dann setzte sie sich wieder, und Mr. Watts trat ein.

«Gehorsamer Diener, die Damen.» Wir begrüßten ihn, und er setzte sich ebenfalls.

«Schönes Wetter, die Damen.» Dann wandte er sich an Mary. «Nun denn, Miss Stanhope, ich hoffe, Sie haben sich zu einer Entscheidung durchgerungen und teilen mir jetzt gütigst mit, ob Sie mich heiraten wollen oder nicht.»

«Ich denke, Sir», sagte Mary, «Sie hätten sich bei Ihrer Frage ein wenig gewählter ausdrücken können. Wenn Sie sich so wunderlich aufführen, weiß ich wirklich nicht, ob ich Sie nehmen soll.»

«Mary!» sagte meine Mutter.

«Ei, Mama, wenn er sich so widerwärtig benimmt...»

«Pst, Mary, so unziemlich darfst du über Mr. Watts nicht reden.»

«Legen Sie ihr nur ja keine Zurückhaltung auf, Madam. Es ist durchaus unnötig, sie zur Höflichkeit mir gegenüber anzuhalten. Wenn sie meinen Antrag nicht annehmen will, so versuche ich mein Glück eben anderswo, denn es ist schließlich nicht so, daß ich eine besondere Vorliebe für sie hätte. Mir gilt es im Grunde gleich, ob ich sie nehme oder eine ihrer Schwestern.» Was für ein nichtswürdiger Mensch! Sophy errötete vor Ärger, und auch ich war sehr erzürnt.

«Ja, also wenn es denn sein muß», sagte Mary recht verdrießlich, «dann nehme ich Sie.»

«Ich dächte doch, Miss Stanhope, daß es eine Frau bei einer so großzügigen Versorgung, wie ich sie biete, keine allzu große Überwindung kosten dürfte, ihr Jawort zu geben.»

Mary murmelte etwas, und da ich dicht neben ihr saß, verstand ich ihre Worte: «Was nützt mir eine großzügige Versorgung, wenn so ein Mann ewig lebt?» Laut sagte sie: «Vergessen Sie nicht das Nadelgeld*. Zweihundert im Jahr.»

«Hundertfünfzig, Madam.»

«Zweihundert, Sir», sagte meine Mutter.

«Und denken Sie daran, daß ich eine neue Equipage erwarte, in Blau und Silber und so hoch wie die von den Duttons. Und überdies ein neues Reitpferd, ein feines Spitzenkleid und ungeheuer viele wertvolle Juwelen. Brillanten, wie sie kein Auge je sah, und Perlen, Rubine, Smaragde und sonstigen Schmuck. Sie sollen einen Phaeton anschaffen, cremefarben mit einem Kranz von Silberblumen. Sie sollen mir die besten Braunen im ganzen Königreich kaufen und mich täglich ausfahren. Ich bin noch nicht fertig. Sie sollen Ihr Haus nach meinem Geschmack gänzlich neu einrichten, noch zwei Lakaien zu meiner Bedienung einstellen, mich immer nach Gutdünken schalten und walten lassen und mir ein sehr guter Ehemann sein.»

An dieser Stelle hielt sie inne, da ihr wohl ein wenig der Atem ausgegangen war.

«All das, Mr. Watts, kann meine Tochter mit Fug und Recht erwarten.»

«Da wird wohl Ihre Tochter mit Fug und Recht eine Enttäuschung erleben», sagte er und wollte schon weitersprechen, da fiel Mary ihm ins Wort: «Sie sollen mir ein vornehmes Gewächshaus bauen und mit Pflanzen ausstatten. Sie sollen dafür Sorge tragen, daß ich den Winter in Bath und das Frühjahr in London verbringen und jeden Sommer eine längere Reise machen kann, und den Rest des Jahres, wenn wir zu Hause sind (Sophy und ich lachten), sollen Sie Bälle und Maskeraden für mich geben. Sie sollen einen besonderen Raum für Theateraufführungen* bauen. Als erstes Stück werden wir ‹Which is the Man?›* zeigen, und ich spiele Lady Bell Bloomer.»*

«Und was, Miss Stanhope», fragte Mr. Watts, «darf ich dafür als Gegenleistung erwarten?»

«Als Gegenleistung? Die Gewißheit, mir zu Glück und Zufriedenheit verholfen zu haben.»

«Es müßte schon recht sonderbar zugehen, wenn das nach all dem nicht der Fall wäre. Sie sind mir zu anspruchsvoll, Madam, und so wende ich mich denn an Miss Sophy, die vielleicht ihre Erwartungen nicht ganz so hoch gespannt hat.»

«Sie irren, Sir», sagte Sophy. «Meine Erwartungen mögen zwar nicht ganz auf der gleichen Linie liegen wie die meiner Schwester, sind aber dennoch hoch genug. Ich erwarte von meinem Ehemann, daß er heiter und ausgeglichen ist; daß er bei allem, was er tut, mein Glück im Auge hat; und daß er mich treu und aufrichtig liebt.»

Mr. Watts machte große Augen. «Das sind fürwahr recht wunderliche Vorstellungen, junge Dame! Ich rate Ihnen sehr, sie noch vor der Eheschließung abzulegen, sonst werden Sie gewiß genötigt sein, es danach zu tun.»

Indes hatte meine Mutter mit Mary gesprochen und ihr Vorhaltungen gemacht. Diese begriff, daß sie zu weit gegangen war, und Mr. Watts hatte sich just mir zugewandt, als sie halb devot, halb verdrießlich sagte: «Sie irren, Mr. Watts, wenn Sie glauben, ich hätte es ernst gemeint, als ich so viel verlangte. Auf einer neuen Equipage aber muß ich bestehen.»

«Ja, Sir, Sie werden zugeben, daß Mary das mit Fug und Recht erwarten kann.»

«Ich habe ja auch vor, eine neue Equipage anzuschaffen, wenn ich heirate, Mrs. Stanhope, das habe ich schon immer vorgehabt. Aber sie wird in der Farbe genau wie die alte sein.»

«Ich denke, Mr. Watts, Sie sollten meiner Tochter die Höflichkeit erweisen, sie in solchen Dingen nach ihrem Geschmack zu befragen.»

Damit war Mr. Watts nicht einverstanden, und geraume Zeit noch beharrte er auf seiner Schokoladenfarbe, indes Mary mit dem gleichen Eifer für Blausilber stritt. Schließlich schlug Sophy Mr. Watts zu Gefallen als Farbe Dunkelbraun und Mary zu Gefallen eine recht hohe Equipage mit silbernen

Kanten vor. Darauf einigten sie sich dann schließlich, wenn auch mit einigem Widerstreben, da beide ihren Standpunkt lieber vollständig durchgesetzt hätten. Hernach wurden andere Dinge besprochen, und man kam überein, Hochzeit zu machen, sobald die Urkunden aufgesetzt waren. Mary war auf eine Sondererlaubnis zur Eheschließung* aus. Mr. Watts sprach vom Aufgebot.* Man einigte sich schließlich auf eine gewöhnliche Heiratserlaubnis.* Mary soll seinen Familienschmuck haben, der aber wohl nicht der Rede wert ist, und Mr. Watts versprach, ihr ein Reitpferd zu kaufen; dafür hat sie in den kommenden drei Jahren keine Reise nach London oder anderen öffentlichen Plätzen zu erwarten*. Sie wird weder ein Gewächshaus noch ein Privattheater oder einen Phaeton bekommen und muß sich mit nur einer Zofe – ohne zusätzliche Lakaien – begnügen. Die Regelung dieser Fragen nahm den ganzen Abend in Anspruch; Mr. Watts aß mit uns und verließ erst um zehn das Haus. Sobald er fort war, stieß Mary hervor:

«Gott sei Dank! Endlich ist er weg. Wie ich ihn verabscheue.» Vergeblich stellte Mama ihr vor, wie unziemlich es sei, denjenigen zu verabscheuen, der ihr zum Ehemann bestimmt ist. Sie wurde nicht müde zu verkünden, wie verhaßt er ihr sei und wie inständig sie sich wünsche, ihn nie wiederzusehen. Was mag das für eine Ehe werden. Adieu, liebste Ann.

Deine Dich liebende Georgiana Stanhope

Von Derselben an Dieselbe

Samstag

Liebe Ann,

Mary, der sehr daran gelegen war, die Kunde von ihrer bevorstehenden Heirat überall zu verbreiten und ihren Triumph über die Duttons auszukosten, forderte uns auf, am Vormittag mit ihr einen Gang nach Stoneham zu machen. Da wir nichts anderes zu tun hatten, waren wir einverstanden und freuten uns an dem Spaziergang, soweit das in Gesellschaft Marys möglich war, deren Unterhaltung sich darin erschöpfte, ihren künftigen Ehemann zu schmähen und sich nach einer blausilbernen Equipage zu verzehren. Als wir zu den Duttons kamen, fanden wir die beiden Mädchen im Ankleidezimmer, zusammen mit einem sehr gutaussehenden jungen Mann, der uns natürlich vorgestellt wurde. Es ist der Sohn von Sir Henry Brudenell aus Leicestershire. Mr. Brudenell ist der stattlichste junge Mann, der mir je begegnet ist, wir sind alle drei sehr von ihm angetan. Mary, die schier barst im Bewußtsein ihrer eigenen Bedeutung und in dem Drang, sich entsprechend mitzuteilen, konnte, als wir einmal saßen, über das Thema nicht lange schweigen und wandte sich alsbald an Kitty mit den Worten: «Meinst du nicht, daß es nötig sein wird, den ganzen Schmuck neu fassen zu lassen?»

«Notwendig wofür?»

«Wofür? Nun, für meinen Auftritt natürlich.»

«Verzeih, aber ich verstehe dich nicht. Von welchem Schmuck sprichst du, und wann soll dieser Auftritt sein?»

«Auf dem nächsten Ball natürlich, nach meiner Hochzeit.»

Du kannst dir ihre Überraschung vorstellen. Zuerst waren sie recht skeptisch, doch als wir die Geschichte bestätigten, mußten sie es wohl glauben. «Und wer ist der Glückliche?» lautete natürlich die erste Frage. Mary spielte die Schamhafte und erwiderte mit niedergeschlagenem Blick: «Mr. Watts.» Auch hierfür erbaten sie unsere Bestätigung, denn daß ein so hübsches und überdies mit einem kleinen, aber sicheren Vermögen ausgestattetes Mädchen wie Mary aus freien Stücken bereit wäre, einen Mr. Watts zu heiraten, war ihnen schier unbegreiflich. Da nun der Gegenstand angemessen eingeführt war und Mary sich im Mittelpunkt der Aufmerksamkeit fand, legte sich ihre Befangenheit vollkommen, und sie wurde ganz offenherzig und gesprächig.

«Es wundert mich, daß ihr noch nichts davon gehört habt, denn derlei Dinge sprechen sich doch schnell in der Nachbarschaft herum.»

«Ich kann dir versichern», sagte Jemima, «daß ich von dieser Sache keine Ahnung hatte. Geht sie denn schon länger?»

«O ja! Bereits seit Mittwoch.»

Alle lächelten, besonders Mr. Brudenell.

«Ihr müßt wissen, daß Mr. Watts heftig in mich

verliebt ist, so daß es auf seiner Seite eine echte Neigungsehe ist.»

«Doch wohl nicht nur auf seiner Seite», bemerkte Kitty.

«Ach, wenn auf einer Seite soviel Liebe im Spiel ist, tut sie auf der anderen Seite nicht not. Doch bin ich ihm nicht allzu abgeneigt, obschon er recht garstig aussieht.»

Mr. Brudenell machte große Augen, die Dutton-Schwestern lachten, und Sophy und ich schämten uns von Herzen für unsere Schwester.

«Wir werden eine neue Equipage bekommen und sehr wahrscheinlich einen Phaeton anschaffen.»

Diese Feststellung entsprach, wie wir wußten, nicht der Wahrheit, doch wenn es der Ärmsten Freude machte, den Anwesenden etwas Derartiges einzureden, mochte ich ihr den harmlosen Spaß nicht verderben.

Sie fuhr fort: «Mr. Watts wird mir seinen Familienschmuck schenken, der, wie ich glaube, sehr beträchtlich ist.»

Ich konnte nicht umhin, Sophy zuzuflüstern: «Ich glaube das nicht.»

«Und dieser Schmuck, denke ich, sollte neu gefaßt werden, ehe man ihn tragen kann. Ich werde ihn zu meinem ersten Ball nach der Hochzeit anlegen. Falls Mrs. Dutton nicht hingehen möchte, will ich euch gern chaperonieren. Sophy und Georgiana nehme ich auf jeden Fall mit.»

«Sehr gütig», sagte Kitty. «Da du offenbar so

gern junge Damen unter deine Fittiche nimmst, solltest du Mrs. Edgecumbe fragen, ob sie dich ihre sechs Töchter chaperonieren läßt. Zusammen mit deinen Schwestern und uns dürfte dein Erscheinen dann erhebliches Aufsehen machen.»

Wir mußten alle schmunzeln bis auf Mary, die den Hintersinn ihrer Worte nicht begriffen hatte und kühl erklärte, eine so große Schar wünsche sie nicht zu chaperonieren. Sophy und ich bemühten uns, dem Gespräch eine andere Wendung zu geben, was aber nur für wenige Minuten möglich war, denn Mary brachte die Rede sogleich wieder auf sich und ihre bevorstehende Hochzeit. Es tat mir für meine Schwester leid, daß Mr. Brudenell ihr offenbar mit großem Ergötzen zuhörte und sie durch Fragen und Bemerkungen ermutigte fortzufahren, denn es lag auf der Hand, daß er sich nur über sie lustig machte. Ich fürchte, er fand sie sehr albern. Er beherrschte sich recht gut, doch war ihm anzusehen, daß er Mühe hatte, ernst zu bleiben. Schließlich aber schien er ihrer Redereien überdrüssig zu sein, er wandte sich uns zu und richtete in der nächsten halben Stunde, ehe wir Stoneham verließen, kaum noch ein Wort an Mary. Auf dem Heimweg konnten wir uns nicht genug tun, Mr. Brudenells Wesen und Erscheinung zu preisen.

Zu Hause fanden wir Mr. Watts vor.

«Na, Miss Stanhope», sagte er, «wie Sie sehen, bin ich gekommen, um Ihnen die Cour zu schneiden, wie sich das für einen richtigen Liebhaber gehört.»

«Das hätten Sie mir nicht eigens zu sagen brauchen. Ich weiß sehr gut, warum Sie gekommen sind.»

Sophy und ich verließen das Zimmer, da wir der jungen Liebe natürlich nicht im Wege sein wollten. Zu unserer großen Überraschung folgte uns Mary fast unverzüglich nach.

«Wie, hat Mr. Watts sein Courschneiden so schnell wieder eingestellt?» frage Sophy.

«Courschneiden!» gab Mary zurück. «Gestritten haben wir. Watts ist so ein Hanswurst, am liebsten würde ich ihn nie wiedersehen.»

«Ich fürchte, daraus wird nichts», sagte ich, «da er heute hier zu Abend ißt. Worum ging denn der Streit?»

«Nur weil ich ihm erzählte, ich hätte heute vormittag einen Mann gesehen, der viel hübscher ist als er, geriet er in Wut und nannte mich einen Zankteufel, daraufhin sagte ich nur, für mich sei er ein Lumpenkerl, und ließ ihn stehen.»

«Kurz und bündig», bemerkte Sophy. «Aber sag mir doch, Mary, wie das wieder ins Lot kommen soll.»

«Eigentlich müßte er mich um Verzeihung bitten, doch wenn er es täte, würde ich sie ihm nicht gewähren.»

«Dann hätte ja sein Nachgeben auch wenig Sinn.»

Wir zogen uns um und gingen dann wieder in den Salon, wo Mama und Mr. Watts in vertraulichem Gespräch beisammensaßen. Er hatte sich offenbar über das Betragen ihrer Tochter beschwert, und sie hatte ihm zugeredet, sich nichts daraus zu machen. Und so begegnete er denn Mary mit all seiner gewohnten Artigkeit, und bis auf eine Spitze, die den Phaeton, und eine zweite, die das Gewächshaus betraf, verlief der Abend in schönster Harmonie und Herzlichkeit. Watts will nach London fahren, um die Hochzeitsvorbereitungen voranzutreiben.

In alter Freundschaft verbleibe ich Deine

Georgiana Stanhope

Catharine oder Die Laube

(Fragment)

Catharine hatte wie viele Heldinnen vor ihr das Unglück, in sehr jungen Jahren die Eltern zu verlieren und bei einer unverheirateten Tante aufzuwachsen, die sie zwar zärtlich liebte, aber mit so strengem Blick über ihre Konduite wachte, daß bei vielen – unter anderem auch bei Catharine – Zweifel darüber aufkamen, ob es denn wirklich Liebe sei, die sie für ihre Nichte empfand. Mrs. Percivals eifernde Wachsamkeit hatte diese schon oft um ein Vergnügen gebracht; Catharine hatte, weil man einen Offizier* erwartete, auf einen Ball verzichten oder mit einem ihr von der Tante zugeführten statt mit einem Partner ihrer Wahl tanzen müssen. Doch war sie von Natur aus heiter und selten schlechter Stimmung, so daß nur ein wirklich schwerer Verdruß ihre Munterkeit und gute Laune beeinträchtigen konnte.

Darüber hinaus hatte sie noch einen weiteren zuverlässigen Trost in allen Lebenslagen, nämlich eine schöne, schattenspendende Laube*, die sie selbst noch als Kind mit Hilfe zweier Freundinnen aus dem gleichen Ort errichtet hatte. In dieser Laube, die am Ende eines wunderhübschen, lauschigen

Spazierweges im Garten ihrer Tante lag, begab sie sich stets, wenn etwas sie bekümmerte, und ihre Wirkung auf Catharines Sinne war so wohltuend, daß sich dort regelmäßig ihr Gemüt beruhigte und ihr Geist neue Kraft schöpfte. Einsamkeit und Besinnung in ihrem Zimmer hätten am Ende die gleiche Wirkung getan, doch die zunächst aus der eigenen Einbildungskraft geborene Vorstellung hatte sich so sehr zur Gewohnheit verfestigt, daß Kitty nie auf den Gedanken verfallen wäre, dies einmal auszuprobieren. Für sie stand fest, daß sie allein in ihrer Laube wieder zu sich selbst kommen konnte. Sie besaß eine lebhafte Phantasie und war sehr begeisterungsfähig in ihren Freundschaften wie in ihrem ganzen Wesen. Die heißgeliebte Laube hatte sie zusammen mit zwei reizenden jungen Mädchen errichtet, denen sie von klein auf innig zugetan war. Es waren dies die Töchter des Gemeindepfarrers, mit deren Familie ihre Tante, solange sie am Ort wohnten, sehr freundschaftlich verkehrt hatte, und wenn auch die kleinen Mädchen sich wegen der unterschiedlichen Regelungen des Schulbesuchs den größten Teil des Jahres über kaum sahen, so waren sie doch während der Ferien der Pfarrerstöchter unzertrennlich. In den glücklichen Kindertagen, an die Kitty jetzt so oft sehnsüchtig zurückdachte, war jenes schattige Plätzchen entstanden, und jetzt, da sie von den lieben Freundinnen vielleicht auf immer getrennt war, weckte die Laube mehr als jeder andere Ort traurig-zärtliche Erinnerungen an die mit ihnen verbrachten schönen Stunden, Erinnerungen, die schmerzlich und trostreich zugleich waren. Vor zwei Jahren war Mr. Wynne gestorben, und seine Kinder, die er in großer Bedrängnis zurückgelassen hatte, wurden in alle Winde zerstreut. Sie waren nun notgedrungen völlig auf das Wohlwollen von Verwandten angewiesen, die sich trotz enger Blutsbande und obschon sie in sehr guten Verhältnissen lebten, nur zögernd bereitgefunden hatten, etwas zu ihrem Unterhalt beizutragen. Glücklicherweise war es Mrs. Wynne erspart geblieben, diese Not mitzuerleben, da sie wenige Monate vor dem Tod des Gatten von einer langen schweren Krankheit erlöst worden war. Cecilia, der ältesten Tochter, hatte ein Cousin angeboten, sie mit einer Aussteuer zu versehen und nach Indien zu schicken, und sie hatte sich sehr gegen ihren Willen entschließen müssen, diesen Weg zu beschreiten, der allerdings so sehr ihren Vorstellungen von Schicklichkeit zuwiderlief, daß sie, hätte sie die Wahl gehabt, eine dienende Stellung fast vorgezogen hätte. Dank ihrer einnehmenden Erscheinung hatte sich gleich nach der Ankunft in Bengalen ein Gatte für sie gefunden, und inzwischen war sie fast ein Jahr glänzend, aber unglücklich verheiratet. Nach ihrer Vermählung mit einem Mann, der doppelt so alt war wie sie, charakterlich achtbar, aber von wenig einnehmendem Wesen und ohne Lebensart, hatte Kitty zweimal von der Freundin gehört, aber wenig Freude an ihren Briefen gehabt. Obschon sie kaum offen über ihre Gefühle sprach, verriet jede Zeile, daß sie unglücklich war. Einen heiteren Ton schlug sie nur an, wenn sie der schönen Zeit gedachte, die sie miteinander verbracht hatten und die nun für immer dahin war, und die einzige Freude, die sie sich offenbar vorstellen konnte, war es, irgendwann einmal nach England zurückzukehren.

Ihre Schwester war von einer anderen Verwandten, der reichen Witwe Lady Halifax, als Gesellschafterin für ihre Töchter ins Haus genommen worden. Sie war zu der Zeit, da Cecilia England verlassen hatte, mit der Familie nach Schottland gegangen. Von Mary hörte Kitty deshalb häufiger, aber aus ihren Briefen sprach kaum mehr Zufriedenheit. Gewiß, ihre Lage war nicht ganz so trostlos wie die der Schwester: Sie war ungebunden und konnte noch auf eine Änderung ihrer Verhältnisse hoffen, doch da sie zur Zeit ohne unmittelbare Aussicht darauf in einer Familie lebte, in der sie zwar von nahen Verwandten, nicht aber von Freunden umgeben war, verrieten ihre Briefe meist eine tiefe Niedergeschlagenheit, die sich durch die Trennung von der Schwester und deren Eheschließung noch verschlimmert hatte. Nach dem Verlust der beiden Menschen, die ihr auf Erden die liebsten waren, war Kitty alles, was sie an Cecilia und Mary erinnerte, doppelt teuer, und die Büsche, welche die Schwestern gepflanzt, die Andenken, die sie von ihnen zum Geschenk erhalten hatte, waren ihr heilig.

Das Pfarrhaus von Chetwynde hatte jetzt ein Mr. Dudley übernommen, dessen Familie im Gegensatz zu den Wynnes Mrs. Percival und ihrer Nichte nichts als Verdruß bereitete. Mr. Dudley, der jüngere Sohn einer Familie aus dem Hochadel, die allerdings mehr durch ihren Dünkel als durch ihr Vermögen von sich reden machte, lag – stets sehr auf seine Würde bedacht und auf seine Rechte pochend – ständig im Streit wenn nicht mit Mrs. Percival selbst, dann mit ihrem Verwalter und ihren Pächtern wegen der Abgaben und mit einem Großteil der Nachbarn wegen des Aufwands und der Ehrerbietung, die er ihnen abverlangte. Seine Frau, eine schlecht erzogene, ungebildete Person aus alter Familie, hielt sich viel auf ihre Herkunft zugute, ohne recht zu wissen warum, und war wie er arrogant und händelsüchtig. Beider einzige Tochter, welche Unwissenheit, Insolenz und Überhebung ihrer Eltern geerbt hatte, war recht hübsch und entsprechend eitel. In den Augen der Eltern war sie unwiderstehlich und dazu bestimmt, mit einer glänzenden Heirat das durch die eingeschränkten Verhältnisse und die Pfarrstelle auf dem Lande arg lädierte Ansehen der Familie wiederherzustellen. Die Dudleys sahen auf die Percivals herab, weil diese von niederer Herkunft waren, und beneideten sie zugleich um ihren Wohlstand. Ständig lebten sie in der Angst, man könne den Percivals mehr Achtung entgegenbringen als ihnen, und suchten, obgleich sie vorgaben, von Mrs. Percival und ihrer Nichte keine

Notiz zu nehmen, die beiden in der Nachbarschaft durch bösartige Gerüchte anzuschwärzen.

Menschen dieses Schlages waren wenig geeignet, Kitty über den Verlust der Wynnes oder verdrießliche Stunden, die sich durch das Fehlen passender Gefährtinnen wohl hier und da einstellen mochten, hinwegzutrösten. Mrs. Percival hing sehr an ihrer Nichte und war unglücklich, wenn sie merkte, daß Kitty verstimmt war. Doch war sie ständig so sehr von der Furcht beherrscht, Catharine könne – sich selbst überlassen – eine unbedachte Verbindung eingehen, und so wenig einverstanden mit dem Verhalten der Nichte gegenüber jungen Männern, denen sie ihrer Wesensart entsprechend mit fröhlicher Unbefangenheit begegnete, daß sie zwar oft um Catharines willen wünschte, ihr Bekanntenkreis wäre größer und sie selbst hätte mehr Verkehr mit den Nachbarn gepflegt, andererseits von diesem Wunsch stets wieder abrückte, wenn sie daran dachte, daß es in fast jeder Familie junge Männer gab. Aus dem gleichen Grunde sah sie auch davon ab, Verwandte einzuladen. Es war ihr deshalb nicht lieb, daß ein entfernter Vetter jährlich einen neuen Versuch machte, sie in Chetwynde zu besuchen, da zu der Familie auch ein junger Mann gehörte, von dem sie viel Beunruhigendes gehört hatte. Doch war dieser Sohn zur Zeit auf Reisen, und Kittys wiederholte Vorstellungen, das Gefühl, die Annäherungsversuche der Verwandten wohl doch ein wenig zu brüsk abgelehnt zu haben, sowie der ehrliche Wunsch, die Familie einmal wiederzusehen, bewogen Mrs. Percival dazu, eine herzliche Einladung für den Sommer auszusprechen. So war es denn bald beschlossene Sache, daß Mr. und Mrs. Stanley kommen würden, und Catharine war, da sie nun ein Ereignis vor sich sah, auf das sie sich freuen konnte und das die Eintönigkeit des ständigen Alleinseins mit der Tante zu beleben versprach, in so gehobener Stimmung, daß sie in den letzten drei oder vier Tagen vor der Ankunft der Gäste bei keiner Beschäftigung länger bleiben konnte, eine Schwäche, die Mrs. Percival schon lange ein Dorn im Auge war. Sie beklagte bei Kitty häufig einen Mangel an Beständigkeit und Ausdauer in der Erledigung solcher Arbeiten, die sich nicht recht mit ihrem lebhaften Wesen vertrugen, die aber wohl die wenigsten jungen Menschen gern verrichteten. Auch die weitschweifigen Gespräche ihrer Tante und das Fehlen von Freundinnen mochte etwas mit dieser Sprunghaftigkeit zu tun haben, denn in Mrs. Percivals Salon wurde Kitty des Lesens, Handarbeitens oder Zeichnens viel eher müde als in ihrer Laube, wohin Mrs. Percival ihr nie folgte, weil sie die Feuchtigkeit dort fürchtete.

Da ihre Tante mit Recht stolz darauf war, daß sich in ihrem Hauswesen alles in der gehörigen Ordnung und Schicklichkeit vollzog und sie überdies in beträchtlichem Wohlstand lebte und mit Gesinde wohl versehen war, bedurfte es für den Empfang der Gäste keiner größeren Vorbereitungen.

Endlich war der langersehnte Tag da, und das Geräusch des Vierspänners auf der Zufahrt dünkte Catharine reizvoller als die Klänge einer italienischen Oper, welche für die meisten Romanheldinnen höchsten Genuß bedeuten. Mr. und Mrs. Stanley waren vermögende Leute von Stand. Er war Unterhausabgeordneter, was die für die Familie angenehme Konsequenz hatte, daß sie die Hälfte des Jahres in London* verbrachten, wo Miss Stanley von ihrem sechsten Lebensjahr bis zum vergangenen Frühling von den besten Lehrern unterrichtet worden war. In diesen zwölf Jahren hatte sie sich Fertigkeiten angeeignet, die jetzt unter Beweis gestellt werden sollten und in wenigen Jahren gänzlich vergessen sein würden. Sie war eine elegante Erscheinung, recht hübsch und nicht unbegabt. Doch statt jene Jahre zum Erwerb nützlichen Wissens und zur Ausbildung des Geistes zu nutzen, hatte Miss Stanley sie damit verbracht, sich im Zeichnen, in der italienischen Sprache und im Musizieren – insbesondere in Letzterem – zu vervollkommnen, und besaß nun außer diesen Fertigkeiten einen Verstand, dem es an Belesenheit, und einen Geist, dem es gänzlich an Geschmack und Urteilsvermögen mangelte. Sie war an sich gutmütig, aber da sie nie gelernt hatte, das Für und Wider eines Gegenstandes abzuwägen, brachte sie es auch nicht fertig, Enttäuschungen zu verwinden oder anderen zuliebe die eigenen Pläne zurückzustellen. Alles drehte sich bei ihr allein um die Eleganz ihrer Erscheinung, den Schnitt ihrer

Kleider und die Bewunderung, die sie damit zu erregen hoffte. Sie behauptete, gern zu lesen, nahm aber nur selten ein Buch zur Hand, war lebhaft, aber nicht geistreich und gewöhnlich gutgelaunt, ohne aber selbst etwas dazu getan zu haben.

Das also war Camilla Stanley, und Catharine, die durch ihr Aussehen für sie eingenommen war und in ihrer Einsamkeit bereitwillig so gut wie jedem ihre Zuneigung geschenkt hätte, auch wenn es ihr durchaus nicht an Einsicht und Urteilsvermögen fehlte, war bei der ersten Begegnung nahezu davon überzeugt, daß Camilla genau die Gefährtin war, auf die sie gewartet hatte und die sie ein wenig für den Verlust von Cecilia und Mary Wynne entschädigen würde. Sie schloß sich deshalb sogleich eng an Camilla an, und da es außer ihnen keine jungen Leute im Haus gab, lag es nahe, daß man sie fast ständig zusammen antraf. Kitty las viel, wenn auch vielleicht nichts sehr Tiefschürfendes, und freute sich deshalb sehr zu hören, daß dies auch eine von Miss Stanleys Lieblingsbeschäftigungen sei. Da sie unbedingt wissen wollte, ob die Freundin einen ähnlichen Geschmack hatte wie sie, schnitt sie bei ihrer neuen Bekannten sehr bald dieses Thema an. Sie selbst interessierte sich sehr für neuere Geschichte, doch brachte sie das Gespräch zunächst auf leichtere Lektüre, die sich allgemeiner Verbreitung und Beliebtheit erfreute.

«Sie haben gewiß die Romane von Mrs. Smith* gelesen», sagte sie zu ihrer neuen Freundin. «O ja», erwiderte diese. «Sind sie nicht reizend? Sie sind einfach das Entzückendste von der Welt!»

«Und welcher gefällt Ihnen am besten?»

«Nein, wirklich, das ist doch wohl keine Frage. *Emmeline* ist soviel besser als die anderen ...»

«Ja, diese Meinung habe ich schon vielfach gehört. Mir allerdings scheint der Unterschied nicht allzu groß. Finden Sie, daß er besser geschrieben ist?»

«Das könnte ich nun wirklich nicht sagen, doch er ist eben in jeder Beziehung besser. Außerdem ist *Ethelinde* so lang ...»

«Ich glaube, das ist ein sehr häufig geäußerter Einwand», sagte Kitty. «Aber wenn mir ein Buch gefällt, ist es mir immer zu kurz.»

«Mir auch, nur habe ich meist schon genug davon, ehe ich es ausgelesen habe.»

«Aber fanden Sie die Handlung von *Ethelinde* nicht sehr fesselnd? Und sind nicht die Beschreibungen von Grasmere* wunderschön?»

«Die sind mir alle entgangen, weil ich ganz schnell wissen wollte, wie es ausgeht.» Und in einer naheliegenden Gedankenverbindung fügte sie hinzu: «Wir wollen im Herbst in den Lake District, ich bin schon ganz närrisch vor Freude. Sir Henry Devereux hat versprochen, uns zu begleiten, dadurch wird die Reise gewiß noch angenehmer.»

«Das kann ich mir vorstellen. Schade nur, daß Sir Henry seine Gabe, sich angenehm zu machen, nicht für einen Anlaß aufgehoben hat, da sie vielleicht gelegener käme. Gleichviel – ich beneide Sie um dieses Vorhaben.»

«Ich bin überglücklich und kann an nichts anderes mehr denken. Den ganzen vergangenen Monat habe ich nur noch überlegt, was ich mitnehmen soll, und bin dann darauf gekommen, daß es außer meiner Reisekleidung getrost ganz wenig sein kann, und das würde ich Ihnen auch raten, wenn Sie einmal etwas Ähnliches vorhaben, denn sollte es sich so ergeben, daß wir zu den Rennen gehen oder in Matlock oder Scarborough Station machen, kann ich mir immer noch etwas machen lassen.»

«Sie wollen also nach Yorkshire?»

«Ich glaube nicht, das heißt, über die Reiseroute weiß ich gar nichts, um derlei kümmere ich mich nicht. Ich weiß nur, daß wir von Derbyshire nach Matlock* und Scarborough* fahren, aber wohin zuerst, das weiß ich nicht, und es kümmert mich auch nicht ... Ich hoffe, in Scarborough gute Freunde zu treffen ... Augusta schrieb mir in ihrem letzten Brief, daß Sir Peter davon sprach, er wolle hinfahren, aber es ist noch ungewiß. Ich finde Sir Peter unausstehlich, er ist ein garstiger Mensch ...»

«Ach ja?» versetzte Kitty, die nicht wußte, was sie sonst hätte sagen sollen.

«Doch, wirklich ganz abscheulich.» An dieser Stelle mußten sie das Gespräch unterbrechen, so daß Kitty über Sir Peters Charakterzüge im ungewissen blieb. Sie hatte lediglich erfahren, daß er garstig und unausstehlich war, über das Wie und

Warum aber hatte sie keine Aufschlüsse erlangt. Sie wußte nicht recht, was sie von ihrer neuen Bekannten halten sollte. Wenn sie Camilla nicht mißverstanden hatte, war diese in englischer Geographie nicht recht sattelfest, und auch ihr Geschmack und ihr Wissen ließen zu wünschen übrig. Doch mochte sie kein vorschnelles Urteil fällen, einmal, weil sie Camilla gerecht werden wollte, und zum zweiten, weil sie hoffte, sie möge die in sie gesetzten Erwartungen erfüllen, und beschloß, ihr endgültiges Votum zunächst zurückzustellen. Als nach dem Abendessen das Gespräch auf die Politik kam, erklärte Mrs. Percival, sie sei der festen Überzeugung, daß die ganze Menschheit dabei sei zu entarten. Alles, woran sie geglaubt habe, fiele in Scherben, überall auf der Welt gehe die alte Ordnung zugrunde, die Sitzungen des Unterhauses würden, wie sie gehört habe, manchmal erst um fünf Uhr früh geschlossen, und allenthalben breitete sich das Laster weiter aus. Sie würde es gern noch erleben, schloß sie, daß wieder Zucht und Ordnung einkehrte wie unter Königin Elisabeth.

«Ich hoffe aber doch», sagte ihre Nichte, «daß Sie sich nicht Königin Elisabeth selbst zurückwünschen.»

«Königin Elisabeth», bemerkte Mrs. Stanley, deren geschichtliche Einwürfe stets wohlfundiert waren, «hat ein hohes Alter erreicht und war eine sehr gescheite Frau.»

«Gewiß, Ma'am», sagte Kitty, «doch ist weder

das eine noch das andere in meinen Augen ihr Verdienst und für mich kein Grund, sie mir zurückzuwünschen, denn käme sie mit diesen Eigenschaften und derselben guten Konstitution noch einmal auf die Welt, könnte sie soviel und so lange Unheil anrichten wie damals.» Dann wandte sie sich an Camilla, die recht schweigsam dabeigesessen hatte, und fragte: «Was halten Sie von Königin Elisabeth, Miss Stanley? Ich hoffe, Sie schwingen sich nicht zu ihrer Verteidigung auf?»

«O Himmel», versetzte Miss Stanley, «von Politik verstehe ich nichts, und Gespräche über diesen Gegenstand sind mir recht zuwider.» Kitty zuckte leicht zusammen, erwiderte aber nichts. Zweifellos sah Miss Stanley zwischen dem soeben Erörterten und der Politik keinen Unterschied und verstand von beidem nicht das mindeste.

Catharine zog sich, noch immer ohne eine feste Meinung über ihre neue Bekannte, auf ihr Zimmer zurück, spürte aber dunkel, daß Camilla doch recht wenig Ähnlichkeit mit Cecilia und Mary hatte. Der nächste Tag und alle folgenden bestätigten diese Befürchtung. Camillas Konversation bot keinerlei Abwechslung, sie konnte Catharine außer in Modedingen nichts Neues beibringen und sie allenfalls mit ihren Darbietungen auf dem Spinett unterhalten, und nach wiederholten Bemühungen, in ihr die Freundin zu finden, die sie sich gewünscht hatte, mußte Kitty den Versuch als gescheitert betrachten. Hin und wieder hatte sie bei Camilla so etwas wie einen Funken von Humor entdeckt, der in ihr die Hoffnung weckte, sie habe zumindest *ein* angeborenes, wenn auch derzeit schlummerndes Talent, doch diese Anflüge von Witz waren so selten und so flüchtig, daß sie sich schließlich sagen mußte, sie seien wohl eher zufällig gewesen. Camillas ganzer Wissensschatz war in wenigen Tagen erschöpft, und als Kitty von ihr erfahren hatte, wie groß ihr Stadthaus war, wann die Vergnügungen der großen Welt begannen, wer die gefeierten Schönheiten waren und wie die beste Putzmacherin hieß, hatte Miss Stanley ihr an Wissenswertem nicht mehr zu bieten als die eine oder andere Bemerkung über den Charakter der Bekannten, die sie in ihren Gesprächen erwähnte. Doch auch da machte sie es sich leicht. Die oder der Betreffende waren entweder das entzückendste Geschöpf von der Welt, in das sie geradezu vernarrt war, oder widerwärtig, abscheulich und überaus garstig.

Da Catharine gern Näheres über die Familie Halifax erfahren wollte und sich sagte, daß Miss Stanley wie mit so vielen Leuten von Stand auch mit ihnen bekannt sein müsse, fragte sie einmal, als Camilla sämtliche Personen von Rang aufzählte, bei denen ihre Mutter Besuche machte, ob darunter auch eine Lady Halifax sei.

«O ja, es ist mir lieb, daß Sie mich an Lady Halifax erinnern. Sie ist die entzückendste Frau von der Welt und gehört zu unserem engsten Bekanntenkreis. In dem halben Jahr, das wir in London verbringen, vergeht wohl kein Tag, ohne daß wir einander sehen. Und ich stehe mit allen ihren Töchtern in Briefwechsel.»

«Dann ist es also eine sehr angenehme Familie?» fragte Kitty. «Wenn Sie sich so oft treffen, muß das wohl der Fall sein, sonst weiß man sich ja bald nichts mehr zu sagen.»

«Bewahre», sagte Miss Stanley. «Manchmal sprechen wir einen ganzen Monat nicht miteinander. Wir sehen uns vielleicht nur in der Öffentlichkeit und auch dann nicht aus der Nähe, aber dann nicken und lächeln wir uns immer zu.»

«Was ja den gleichen Zweck erfüllt. Aber ich wollte Sie fragen, ob Sie in Begleitung von Lady Halifax auch einmal eine Miss Wynne gesehen haben.»

«Ich weiß genau, wen Sie meinen ... sie trägt eine blaue Haube ... ich habe sie häufig in der Brook Street* gesehen, wenn ich zu den Tanzvergnügen von Lady Halifax ging ... sie gibt im Winter jeden Monat einen Ball ... Denken Sie nur, wie gütig es von ihr war, Miss Wynne in ihre Obhut zu nehmen, denn sie ist, wie mir Miss Halifax sagte, nur sehr entfernt mit ihr verwandt und so arm, daß Lady Halifax sie erst einkleiden mußte. Ist das nicht eine Schande?»

«Daß sie so arm ist? Das ist es bei so begüterten Verwandten in der Tat.»

«Nein, so meine ich es nicht. Ist es nicht eine Schande, daß Mr. Wynne seine Kinder in so großer

Not zurückließ, da er doch die Pfründe von Chetwynde sowie zwei oder drei weitere Pfarrstellen und nur vier Kinder zu versorgen hatte? Was hätte er getan, wenn es, wie bei so vielen Leuten, zehn gewesen wären?»

«Er hätte ihnen eine gute Ausbildung ermöglicht und sie in ebenso großer Armut zurückgelassen.»

«Ich meine doch, die Familie hätte sehr viel Glück gehabt. Sir George Fitzgibbon hat die älteste Tochter auf seine Kosten nach Indien geschickt, wo sie sich, wie es heißt, glänzend verheiratet hat und das glücklichste Geschöpf von der Welt ist. Lady Halifax hat die Jüngere bei sich aufgenommen und behandelt sie wie ihre eigene Tochter. Gewiß, zu Veranstaltungen wird Miss Wynne nicht mitgenommen, aber sie ist immer dabei, wenn Lady Halifax ihre Bälle gibt, und niemand könnte freundlicher zu ihr sein. Sie hätte im vergangenen Jahr auch nach Cheltenham mitkommen sollen, nur war in der angemieteten Wohnung kein Platz mehr. Sie dürfen sich deshalb nicht beklagen, denke ich. Und was die beiden Söhne betrifft, so hat den einen der Bischof von M*** in der Marine untergebracht, als Leutnant, soviel ich weiß, und der andere hat es, das weiß ich gewiß, besonders gut getroffen, denn ich glaube, irgendwer hat ihn irgendwo in Wales zur Schule* geschickt. Sie kannten die Familie wohl, als sie hier lebte?»

«Sehr gut sogar. Wir waren so oft zusammen wie Ihre Familie und die Halifax in London, doch da wir gewöhnlich keine Mühe hatten, uns nahe genug zu kommen, trennten wir uns selten einmal nur mit einem Nicken und einem Lächeln. Ich kenne keine liebenswertere Familie auf der Welt, und der Vergleich mit den neuen Nachbarn kann deshalb für sie nur unvorteilhaft ausfallen.»

«Ach, diese abscheulichen Menschen! Wie können Sie sie nur ertragen!»

«Was will man machen?»

«Ja, aber ich an Ihrer Stelle würde sie den lieben langen Tag lang schmähen.»

«Das tue ich auch, aber es will nichts nützen.»

«Also ich finde, solche Menschen haben es einfach nicht verdient zu leben. Ich wünschte, mein Vater würde im Unterhaus fordern, ihnen allen den Schädel einzuschlagen. Dieser widerwärtige Familiendünkel! Dabei steckt gewiß gar nicht viel dahinter.»

«Ich glaube allerdings, daß sie doch einigen Grund hätten, sich etwas auf ihre Familie einzubilden, denn er ist der Bruder von Lord Amyatt.»

«Jaja, das weiß ich wohl, aber deshalb brauchen sie nicht gar so widerwärtig zu sein. Ich traf Miss Dudley und Lady Amyatt im Frühjahr in Ranelagh, und ihre Haube war so abscheulich, daß ich die ganze Sippe seither nicht mehr leiden mag. Sie fanden also die Wynnes angenehm?»

«Das klingt, als zweifelten Sie daran. Angenehm! Oh, es waren die gewinnendsten, liebenswertesten Menschen! Mit Worten kann ich nicht ausdrücken, was wohl jedes Herz für sie empfinden muß. Ich glaube fest, sie haben mich für jeden anderen Umgang verdorben.»

«Genau so geht es mir mit den Halifax-Töchtern. Da fällt mir ein, morgen erwartet Caroline einen Brief von mir, und ich weiß nicht, was ich ihr schreiben soll. Auch die Barlows sind entzückende Mädchen, nur schade, daß Angela so dunkles Haar hat. Sir Peter kann ich nicht ausstehen. Dieser unleidliche Mensch! Ständig laboriert er an seiner Gicht herum, was äußerst unerquicklich für die Familie ist.»

«Und womöglich nicht sehr angenehm für ihn. Um aber nochmals auf die Wynnes zurückzukommen: Meinen Sie im Ernst, sie hätten großes Glück gehabt?»

«Da fragen Sie noch? So heißt es doch allenthalben. Miss Halifax und Caroline und Maria finden, daß sie es nicht besser hätten treffen können. Und auch Sir George Fitzgibbon und überhaupt alle sind der gleichen Meinung.»

«Alle also, die sich ihnen gegenüber verpflichtet fühlten. Aber glauben Sie wirklich, es sei ein Glück für eine hochbegabte, empfindsame junge Frau, wenn man sie auf Gattenfang nach Bengalen schickt? Wenn sie dort einem Mann vermählt wird, über dessen Charakter sie sich vor dem entscheidenden Schritt kein Urteil bilden konnte, einem Mann, der womöglich ein Tyrann oder ein Tor ist? Das halten Sie für ein Glück?»

«Dazu kann ich nichts sagen. Ich weiß nur, daß es

sehr gütig von Sir George war, sie auszustatten und ihr die Überfahrt zu bezahlen, und daß sich nicht viele dazu bereitgefunden hätten.»

«Ich wünschte, es hätte sich keiner dazu bereitgefunden», sagte Kitty mit großem Nachdruck, «dann hätte sie in England bleiben und glücklich werden können.»

«Für gar so schrecklich halte ich es nicht, zusammen mit zwei oder drei entzückenden Mädchen eine vergnügliche Seereise nach Bengalen oder Barbados oder sonstwohin zu unternehmen und dort, kaum angekommen, einen überaus charmanten und ungeheuer reichen Mann zu heiraten. Nein, so schrecklich kann ich das nun wirklich nicht finden.»

«Ihre Darstellung», erwiderte da Kitty lachend, «zeigt die Sache in einem wesentlich anderen Licht. Doch auch wenn sie zuträfe, war es ja nicht von vornherein ausgemacht, daß sich bei der Seereise, bei Miss Wynnes Begleiterinnen oder ihrem Ehemann alles so glücklich fügen würde. Daß alles auch ganz anders hätte verlaufen können, war für sie zweifellos sehr belastend. Außerdem ist für eine junge Frau mit Feingefühl schon eine Reise, deren Zweck so allgemein bekannt ist, Strafe genug.»

«Das leuchtet mir nicht ein. Sie ist nicht die erste, die nach Indien ging, um einen Mann zu finden, und auf Ehre, ich fände es sehr kurzweilig, wenn ich so wenig Geld hätte.»

«In diesem Fall würden Sie vermutlich ganz anders darüber denken. Doch zumindest die Lage von

Miss Wynnes Schwester werden Sie wohl nicht beschönigen wollen. Sogar ihre Garderobe verdankt sie der Mildtätigkeit fremder Menschen, die ihr nicht einmal Mitgefühl entgegenbringen, sondern, wie Sie sagen, noch der Meinung sind, sie habe es besonders gut getroffen.»

«Sie sind recht heikel, alles was recht ist! Lady Halifax ist eine entzückende Frau und das sanftmütigste Geschöpf von der Welt. Ich habe allen Grund, besonders gut von ihr zu denken, denn wir sind ihr sehr zu Dank verpflichtet. Sie hat mich häufig chaperoniert, wenn meine Mutter unwohl war, und im Frühjahr lieh sie mir dreimal ihr eigenes Pferd, was ich als große Gunst betrachte, denn es ist das schönste Tier, das man sich denken kann, und ich bin die einzige, der sie es je geliehen hat. – Und auch die Töchter», fuhr sie fort, «sind ganz entzückend. Maria ist so überaus begabt. Sie malt in Öl und spielt alles vom Blatt. Vor unserer Abreise aus London versprach sie mir eine ihrer Zeichnungen, ich vergaß ganz, sie daran zu erinnern. Was gäbe ich nicht für ein Werk von ihrer Hand.»

«Aber war es nicht recht erstaunlich», versetzte Kitty, «daß der Bischof Charles Wynne zur See schickte, obschon es ihm doch sicher ein leichtes gewesen wäre, ihm die Wege für eine geistliche Laufbahn zu ebnen, die Charles selbst gern eingeschlagen hätte und für die sein Vater ihn bestimmt hatte? Ich weiß, daß Mr. Wynne von dem Bischof wiederholt eine Pfründe versprochen wurde, und da er sie nie bekommen hat, wäre es die Pflicht des Bischofs gewesen, das Versprechen an dem Sohn einzulösen.»

«Sie meinen wohl gar, er hätte ihm seinen Bischofssitz überlassen müssen? An allem, was für die Wynnes getan wurde, haben Sie etwas auszusetzen.»

«Ich habe den Eindruck», versetzte Kitty, «daß wir uns in dieser Sache nicht einig werden können, deshalb ist es sinnlos, das Gespräch fortzusetzen oder bei anderer Gelegenheit neu anzufangen.»

Sie verließ eiligst das Zimmer und das Haus und war bald in ihrer geliebten Laube, wo sie sich in Ruhe dem gerechten Zorn über die Verwandten der Wynnes hingeben konnte, der dadurch noch zusätzliche Nahrung erhalten hatte, daß man, wie sie von Camilla erfuhr, allgemein der Meinung war, sie hätten der Familie besondere Wohltaten erwiesen. Eine Weile vertrieb sie sich die Zeit damit, sie alle nach Herzenslust zu schelten und zu schmähen, und als der Zuneigung für die Wynnes dieser Tribut geleistet war und die gewohnte Wirkung der Laube auf ihr Gemüt einsetzte, tat sie auch selbst etwas für ihren Seelenfrieden, indem sie ein Buch hervorholte – denn sie hatte immer etwas zum Lesen dabei – und sich in die Lektüre vertiefte. Darüber war fast eine Stunde vergangen, als Camilla eilig und anscheinend sehr vergnügt auf sie zugelaufen kam.

«Hören Sie, liebste Catharine», sagte sie ein wenig außer Atem, «ich habe die erfreulichste Neuigkeit für Sie ... raten Sie einmal ... wir sind die glücklichsten Geschöpfe von der Welt ... stellen Sie sich vor, die Dudleys haben uns eine Einladung zu einem Ball in ihrem Haus zukommen lassen. Was sind das nur für bezaubernde Menschen! Soviel Verstand hätte ich der Familie gar nicht zugetraut. Ich sage Ihnen, ich bin geradezu in sie vernarrt. Daß es sich aber auch so glücklich trifft! Morgen erwarte ich einen neuen Kopfputz aus der Stadt, der gerade recht für einen Ball ist. Gehäkelter Goldfaden ... ganz himmlisch ... alle werden das Muster haben wollen ...»

Die Aussicht auf einen Ball war Kitty in der Tat hochwillkommen, und da sie gern tanzte, aber nur selten Gelegenheit dazu bekam, hatte sie freilich noch mehr Grund zur Freude als ihre Freundin, für die ein Tanzvergnügen nichts Außergewöhnliches war. Doch stand Camillas Glückseligkeit der von Kitty nicht nach und wurde womöglich noch beredter geäußert. Der Kopfputz kam, und auch die anderen Vorbereitungen waren bald getroffen. Solange man mit all diesen Zurichtungen beschäftigt war, gingen die Tage recht vergnügt dahin, als aber keine weiteren Weisungen mehr nötig, keine weiteren Schwierigkeiten zu bewältigen oder Modefragen zu erörtern waren, wurde ihnen die Zeit bis zu dem Ball recht lang. Daß sie bisher so selten ein Tanzvergnügen besucht hatte, konnte Kitty als Entschuldigung für ihre Ungeduld und die dadurch verursachte Untätigkeit eines von Natur aus lebhaften Geistes anführen; da ihre Freundin Derartiges nicht geltend machen konnte, war sie noch schlimmer dran. Camilla wußte sich nicht anders zu helfen, als vom Haus in den Garten und vom Garten in die Allee zu ziehen, zu überlegen, wann wohl endlich Donnerstag sei, was sich leicht hätte erfragen lassen, und die träg dahinschleichenden Stunden zu zählen, was diese nur noch mehr in die Länge zog.

In bester Laune legten sie sich am Mittwochabend zu Bett. Am nächsten Morgen aber erwachte Kitty mit heftigen Zahnschmerzen. Vergeblich versuchte sie sich zunächst darüber hinwegzutäuschen; ihre Wahrnehmungen brachten sie rasch wieder in die Wirklichkeit zurück. Auch der Versuch, sich die Schmerzen wegzuschlafen, schlug fehl, denn sie plagten Catharine so heftig, daß sie kein Auge mehr zutun konnte. Sie rief ihre Zofe, und mit Hilfe der Haushälterin probierten sie sämtliche Heilmittel aus, die sich in deren Hausbuch und Gedächtnis fanden, doch taten sie keine Wirkung. Wohl brachten sie Catharine für kurze Zeit Erleichterung, doch kamen die Schmerzen immer wieder. Nun blieb ihr nichts anderes übrig, als ihre fruchtlosen Bemühungen aufzugeben und sich nicht nur mit den Zahnschmerzen, sondern einem entgangenen Tanzvergnügen abzufinden. Zwar hatte sie dem großen Tag sehnsüchtig entgegengesehen, hatte viel Freude an den Vorbereitungen gehabt und sich beträchtliches Vergnügen von dem Ball versprochen, aber zum Glück konnte sie sich – im Gegensatz zu vielen

Mädchen ihres Alters in einer solchen Situation – ein gewisses Maß an philosophischem Gleichmut zu Hilfe holen. Sie überlegte, daß tagtäglich irgendwo auf der Welt Menschen viel ärgere Unbill traf und daß vielleicht auch sie sich einmal neidvoll oder voller Verwunderung einer Zeit erinnern würde, da keine schwereren Sorgen sie gedrückt hatten. Mit derlei Betrachtungen hatte sie sich bald soviel Ergebung und Geduld eingeredet, wie das bei ihren Schmerzen, die am Ende doch das größere Übel darstellten, möglich war, und konnte, als sie das Frühstückszimmer betrat, die betrübliche Nachricht leidlich gefaßt vermelden. Mrs. Percival, welche die Zahnschmerzen der Nichte weit mehr bekümmerten als der erzwungene Verzicht auf den Ball, schwebte sie doch schon jetzt in tausend Ängsten, sie würde Kitty vielleicht nicht daran hindern können, mit einem *Mann* zu tanzen, versuchte eifrig alle bereits erprobten Mittel zur Linderung der Schmerzen, erklärte aber kategorisch, Catharine müsse auf jeden Fall zu Hause bleiben. Miss Stanley, der nicht nur die Sorge um die Freundin, sondern auch die Befürchtung zu schaffen machte, man könne den Vorschlag ihrer Mutter aufgreifen, sie sollten alle auf den Ball verzichten, äußerte ihr Mitgefühl mit großem Ungestüm, und auch als Kitty mit der Erklärung, eher würde sie sich selbst auf den Ball schleppen als zugeben, daß eine von ihnen zu Hause bliebe, ihre Sorgen zerstreut hatte, hörte sie nicht auf, laut zu jammern und zu wehklagen, so daß Kitty schließlich auf ihr Zimmer flüchtete. Da sie nun für sich selbst nichts mehr zu fürchten hatte, blieb Camilla reichlich Zeit, ihre Freundin zu bemitleiden und ihr nachzustellen. In ihrem eigenen Zimmer war Kitty zwar vor ihr sicher, doch wenn sie es verließ, weil sie hoffte, ein Ortswechsel könne zur Linderung ihrer Schmerzen beitragen, war sie Miss Stanley hilflos ausgeliefert.

«Es ist doch wirklich zu abscheulich», sagte Camilla. «Und ausgerechnet heute! Denn zu jeder anderen Zeit wäre es ja lange nicht so arg gewesen. Aber so geht das immer: Ich habe noch keinen Ball erlebt, bei dem nicht etwas dazwischenkam, so daß irgendwer nicht hingehen konnte. Ich wünschte, es gäbe keine Zähne auf der Welt, sie sind dem Menschen nur eine Last, und es müßte etwas erfunden werden, damit man beim Essen ohne sie auskommt. Sie Ärmste! Diese Schmerzen! Ich sage Ihnen, es tut einem geradezu weh, Sie anzusehen. Aber Sie werden ihn sich doch nicht ziehen lassen? Tun Sie's nicht, ich flehe Sie an, denn für mich gibt es nichts Fürchterlicheres auf der Welt. Lieber erlitte ich die schrecklichsten Folterqualen, als mir einen Zahn ziehen zu lassen. Und wie geduldig Sie es tragen! Wie können Sie nur so ruhig sein? Ich an Ihrer Stelle würde so ein Wesen darum machen, daß es nicht auszuhalten wäre. Ich würde Sie zu Tode plagen.»

Was du ohnehin schon tust, dachte Kitty.

«Für mich steht fest», sagte Mrs. Percival, «daß

du dir deine Zahnschmerzen durch den häufigen Aufenthalt in der feuchten Laube zugezogen hast. Sie hat deine Gesundheit vollständig zerrüttet und auch mir nicht gutgetan. Ich habe mich im Mai dort einmal niedergelassen, um auszuruhen, und fühle mich seither nicht recht wohl. Ich werde John anweisen, sie abzureißen.»

«Das werden Sie nicht tun, Ma'am», sagte Kitty, «denn Sie wissen sehr gut, wie unglücklich mich das machen würde.»

«Papperlapapp, Kind! Das sind doch nur Grillen und Hirngespinste. Warum kannst du dir nicht einreden, dieses Zimmer sei eine Laube?»

«Wäre es von Cecilia und Mary erbaut worden, wäre es mir ebenso lieb und wert, denn was mich an meiner Laube so beglückt, ist nicht allein der Name.»

«Ich denke doch, Mrs. Percival», sagte Mrs. Stanley, «daß sich in Catharines Zuneigung zu diesem lauschigen Plätzchen eine Empfindsamkeit ausdrückt, die ihr durchaus zur Ehre gereicht. Jugendfreundschaften sind etwas Schönes und zeugen in meinen Augen von einem liebenswürdigen, zärtlichen Wesen. Von klein auf habe ich Camilla dazu angehalten, dies ebenso zu sehen, und war stets bemüht, sie mit gleichaltrigen jungen Menschen zusammenzubringen, die ihrer Achtung wert waren. Nichts bildet den Geschmack mehr als verständige und schön geschriebene Briefe. Lady Halifax teilt meine Meinung. Camilla korrespondiert mit ihren

Töchtern, und ich darf wohl sagen, daß dies keinem der Mädchen geschadet hat.»

Derlei Gedanken waren Mrs. Percival zu fortschrittlich; nach ihrer Auffassung brachte ein Briefwechsel zwischen jungen Mädchen nichts Gutes, sondern öffnete durch schädliche Ratschläge und schlechte Beispiele viel eher Fehltritten und flatterhaftem Verhalten Tür und Tor. Sie konnte sich deshalb die Bemerkung nicht versagen, sie selbst sei nun seit fünfzig Jahren auf der Welt, ohne jemals einen Briefwechsel geführt zu haben, und dünke sich deshalb um keinen Deut weniger achtbar. Für Mrs. Stanley verbot sich eine Antwort auf diese Feststellung, doch ihre Tochter, die sich nicht so strikt an die Regeln der Schicklichkeit hielt, versetzte in ihrer unbedachten Art: «Wer weiß aber, wie es Ihnen ergangen wäre, Ma'am, wenn Sie einen Briefwechsel geführt hätten; vielleicht wären Sie ein ganz anderer Mensch geworden. Ich würde auf meine Brieffreundinnen um nichts auf der Welt verzichten, sie sind die größte Freude meines Lebens, und Sie glauben gar nicht, wie sehr sich mein Geschmack dabei bildet, ganz wie Mama sagt, denn ich höre gewöhnlich jede Woche von ihnen.»

«Hast du nicht gerade heute einen Brief von Augusta Barlow erhalten, mein Herz?» fragte Mrs. Stanley. «Sie schreibt besonders gut, wie ich weiß.»

«Ja, Mama, den entzückendsten Brief, den du dir denken kannst. Sie beschreibt mir ausführlich das Regency-Straßenkleid, das Lady Susan ihr geschenkt hat, es ist so wunderschön, daß ich schier vergehe vor Neid.»

«Es freut mich sehr, soviel Gutes über meine junge Freundin zu hören. Ich schätze sie hoch und nehme herzlichen Anteil an dem, was sie so beglückt. Aber schreibt sie denn sonst nichts? Es scheint ja ein recht langer Brief zu sein. Werden sie nach Scarborough kommen?»

«O Himmel, davon ist gar nicht die Rede, und ich vergaß, sie in meinem letzten Brief danach zu fragen. Nein, es geht nur um das Reisekleid.»

Sie muß in der Tat ungewöhnlich gut schreiben, dachte Kitty, wenn sie mit einem Barett und einem pelzbesetzten Kostüm einen ganzen Brief bestreiten kann. Danach zog sie sich, überdrüssig eines Gesprächs, das sie in gesunden Tagen womöglich belustigt hätte, heute aber, da sie Schmerzen litt, nur ermüdete und deprimierte, auf ihr Zimmer zurück. Sie war froh, als es Zeit wurde, Garderobe zu machen, denn Camilla, betreut von ihrer Mutter und der Hälfte der Hausmädchen, bedurfte weder ihrer Hilfe noch bei einer so vergnüglichen Betätigung auch nur ihrer Gesellschaft.

Kitty blieb allein im Salon, bis Mr. Stanley und ihre Tante dazukamen, die sich aber nur kurz nach ihrem Befinden erkundigten und sie dann in Ruhe ließen, um wie gewöhnlich über Politik zu disputieren. Über dieses Thema konnten sie sich nie einig werden, denn Mr. Stanley, der als Unterhausabgeordneter das Recht einer maßgeblichen Meinung für sich in Anspruch nahm, erklärte mit Bestimmtheit, es habe seit Menschengedenken nicht mehr soviel Wohlstand und blühendes Leben* im Land gegeben, und Mrs. Percival behauptete nachdrücklich, wenn auch mit weniger Beweiskraft, die ganze Nation treibe dem Abgrund zu, und in Kürze würde im Land alles, wie sie sich ausdrückte, drunter und drüber gehen. Kitty fand es nicht ohne Reiz, diesen Disput zu verfolgen, zumal die Schmerzen inzwischen ein wenig nachgelassen hatten. Sie beobachtete – ohne sich selbst an dem Gespräch zu beteiligen – einigermaßen belustigt, mit welchem Eifer beide ihre Meinung verfochten, und dachte bei sich, daß Mr. Stanleys Enttäuschung für den Fall, daß sich die Voraussetzungen ihrer Tante bewahrheiten sollten, kaum geringer wäre als Mrs. Percivals Verdruß, falls sie nicht eintrafen. Nach geraumer Zeit kamen Mrs. Stanley und ihre Tochter herein, und diese, in bester Laune und hochzufrieden mit ihrer Erscheinung, beklagte erneut ungestüm das Unglück ihrer Freundin, während sie im Salon die Schritte eines schottischen Reels probierte.

Endlich brachen sie auf, und Kitty fand zum erstenmal an diesem Tag Zeit für eine sinnvolle Betätigung. In einem langen Brief berichtete sie Mary Wynne von ihrem Mißgeschick. Als sie fertig war, bestätigte sich ihr jener Spruch, der besagt, daß jede Sorge leichter wird, wenn man sich mitteilt, denn ihre Zahnschmerzen hatten sich inzwischen so weit gelegt, daß sie überlegte, ob sie nicht ihren Freunden folgen sollte. Sie waren jetzt eine Stunde aus dem Hause, der Ballstaat lag bereit, und da die Entfernung nicht allzu groß war, konnte sie in einer weiteren Stunde bei den Dudleys sein. Die anderen waren in Mr. Stanleys Chaise gefahren, sie konnte ihnen in der Kutsche ihrer Tante folgen. Da der Plan leicht auszuführen schien und viel Vergnügen versprach, wurde er nach kurzer Überlegung in die Tat umgesetzt. Catharine lief nach oben und klingelte heftig nach ihrer Zofe. Es folgte fast eine Stunde hektischer Betriebsamkeit, nach deren Ablauf sie mit ihrer Garderobe und Erscheinung sehr zufrieden war. Nun wurde Anne nach der Chaise geschickt, während Catharine ihre Handschuhe anzog und den Faltenwurf ihres Kleides ordnete. Wenig später hörte sie einen Wagen vorfahren. Sie war wohl ein wenig verwundert, wie schnell angespannt worden war, sagte sich aber dann, man habe wohl den Bedienten schon vorher ihre Absicht angedeutet.

Sie wollte gerade ihr Zimmer verlassen, als ihr in großer Hast und Aufregung Anne entgegenkam und hervorstieß: «O Himmel, Ma'am, da ist ein Herr im Vierspänner angekommen, und ich kann mir um alles in der Welt nicht denken, wer es sein könnte. Ich ging zufällig gerade durch die Halle, als die Kutsche vorfuhr und wußte, daß niemand da wäre, um ihn einzulassen, bloß Tom, und Sie wissen ja, wie wunderlich er ausschaut, wenn er sich die Haare aufgedreht hat*, da wollte ich nicht, daß der Herr ihn sieht, und bin selbst zur Tür gegangen. Und es ist der hübscheste junge Mann, den Sie sich denken können, Ma'am, ich habe mich fast geschämt, mich in meiner Schürze zu zeigen; aber gleichviel, er ist wirklich sehr stattlich, und es schien ihm gar nichts auszumachen. Und er wollte wissen, ob die Familie daheim ist. Und da hab' ich gesagt, daß alle ausgegangen sind, nur Sie nicht, Ma'am, ich hab' Sie nicht verleugnen wollen, denn ich hab' mir gedacht, daß Sie ihn gewiß sehen möchten. Und da hat er gefragt, ob Mr. und Mrs. Stanley nicht da sind. Ja, hab' ich gesagt, aber ...»

«Guter Himmel, was hat das zu bedeuten?» wunderte sich Catharine. «Wer kann das sein? Hast du ihn gewiß noch nie gesehen? Und hat er seinen Namen nicht genannt?»

«Nein, Ma'am, auf Ehre nicht. Ja, und dann hab' ich ihn in den Salon gebeten, und er war äußerst zuvorkommend. Und ...»

«Mir scheint, er hat großen Eindruck auf dich gemacht, Nanny. Aber woher kommt er? Und was will er hier?»

«Ach ja, Ma'am, das wollte ich Ihnen gerade sagen: Ich denke mir, daß er ein Anliegen an Sie hat, denn er fragte, ob Sie Besuch empfangen könnten, und bat mich, Ihnen seine Empfehlungen zu überbringen und Ihnen auszurichten, daß er Ihnen gern seine Aufwartung machen würde. Aber ich denke, es ist besser, wenn er bei diesem Durcheinander nicht ins Ankleidezimmer kommt, und da hab' ich mir erlaubt zu sagen, wenn er die Freundlichkeit hätte, im Salon zu warten, würde ich ihn melden, und Sie würden ihn dort empfangen. Meiner Seel, Ma'am, ich setze, was Sie wollen, daß er gekommen ist, um Sie heut abend zum Tanz zu bitten und Sie in seiner Chaise zu Mr. Dudley zu fahren.»

Kitty mußte lachen und dachte bei sich, daß dies, so wenig wahrscheinlich es war, doch recht hübsch wäre, denn mittlerweile war es so spät, daß sie vermutlich keinen Partner mehr finden würde. «Was um Himmels willen mag er mir sagen wollen? Vielleicht ist er gekommen, um uns zu berauben... Jedenfalls tut er es dann aber auf die noble Art, und es tröstet uns am Ende über unsere Verluste hinweg, wenn der Räuber in einem Vierspänner vorgefahren kam. Was für eine Livree hatten seine Bedienten?»

«Ja, Ma'am, das ist nun das Allerwunderlichste: Er hat keinen einzigen Bedienten bei sich und kam mit Mietpferden. Aber er ist trotzdem schön wie ein Prinz und hat auch in seinem Auftreten so was Prinzliches. Gehen Sie nur nach unten, Ma'am, er gefällt Ihnen gewiß ausnehmend gut.»

«Ja, dann muß es wohl sein. Aber sonderbar ist es doch. Was mag er mir sagen wollen?» Sie warf noch einen Blick in den Spiegel, ging erwartungsvoll, wenn auch ein wenig bänglich die Treppe hinunter, blieb einen Augenblick vor der Tür stehen, um Mut zu fassen, und betrat dann beherzt den Salon.

Der Fremde, dessen Erscheinung keineswegs hinter der Schilderung der Zofe zurückblieb, erhob sich bei ihrem Eintritt, legte das Journal beiseite, in dem er gelesen hatte, und kam lebhaft und ungezwungen auf sie zu. «Es ist recht ungeschickt, daß ich mich auf diese Art bei Ihnen einführen muß, und ich kann nur hoffen, daß mich die Umstände entschuldigen und Sie mir mein Verhalten nachsehen, Ma'am. Nach Ihrem Namen brauche ich nicht zu fragen, Miss Percival ist mir der Beschreibung nach so gut bekannt, daß sich jedes weitere Wort erübrigt.»

Kitty, die erwartet hatte, von ihm seinen Namen und nicht den ihren zu hören, und es, da sie selten in Gesellschaft und noch nie in einer solchen Situation gewesen war, nicht über sich brachte, danach zu fragen, obschon sie auf der Treppe fleißig geübt hatte, war von dieser unvermuteten Ansprache so betroffen und verwirrt, daß sie nur mit einem angedeuteten Knicks antwortete und auf dem Stuhl Platz nahm, den er ihr zurechtgerückt hatte, ohne recht zu wissen, was sie tat.

Ihr Besucher fuhr fort: «Sie sind gewiß überrascht, daß ich so bald schon aus Frankreich zurück bin. Es war leider ein sehr trauriger Anlaß, der mich wieder nach England brachte, und ich mochte nicht wieder abreisen, ohne der Familie in Devonshire, die ich schon so lange kennenlernen wollte, meine Aufwartung zu machen.»

Catharine, die weit überraschter war, als er ahnen

konnte, da sie weder von ihm noch von seiner Abreise nach Frankreich bisher die mindeste Kenntnis gehabt hatte, verharrte in ratlos-verwundertem Schweigen, während ihr Besucher unverdrossen weitersprach. «Sie werden sich denken können, Madam, daß ich um so begieriger war, Ihnen einen Besuch abzustatten, als Mr. und Mrs. Stanley zur Zeit bei Ihnen weilen. Ich hoffe, es geht ihnen gut? Und wie befindet sich Mrs. Percival?» Ohne eine Antwort abzuwarten, fuhr er munter fort: «Doch Sie wollen ausgehen, Verehrteste! Und ich halte Sie von Ihrer Verabredung ab. Eine solche Rücksichtslosigkeit ist schlechthin unverzeihlich. Aber die widrigen Umstände, nicht wahr ... Sie sind für einen Ball gekleidet, wie mir scheint. Jaja, ich weiß, dies ist das Land der Lustbarkeiten, ich wünschte schon lange, einmal hierherzukommen. Aber wo sind die anderen, und welch guter Engel hat Sie aus Mitleid mit mir daheimbleiben lassen?»

Kitty, verwirrt und recht verstimmt durch seine vertrauliche Redeweise einer gänzlich Unbekannten gegenüber, die noch immer nicht wußte, wie er hieß, entgegnete: «Kann es sein, daß Sie mit Mr. und Mrs. Stanley bekannt sind und eigentlich ihnen Ihre Aufwartung machen wollten?»

«Sie tun mir zuviel Ehre an», erwiderte er lachend, «wenn Sie glauben, ich sei mit Mr. und Mrs. Stanley bekannt. Ich kenne sie nur vom Sehen, es sind sehr entfernte Verwandte. Nur meine Eltern, nichts weiter.»

«Guter Himmel!» stieß Kitty hervor. «Sie sind also Mr. Stanley? Ich bitte vielmals um Vergebung, obwohl... Bei Lichte betrachtet besteht kein Grund, mich zu entschuldigen. Sie haben mir Ihren Namen nicht genannt...»

«Verzeihen Sie. Ich habe, als Sie eintraten, eine sehr schöne Rede gehalten, mit der ich mich Ihnen bekanntzumachen suchte. Zumindest für mich war es eine achtbare Leistung.»

«Ich will gern zugeben», bemerkte Catharine lächelnd, «daß die Rede ihre Vorzüge hatte. Aber da Ihr Name nicht darin vorkam, war sie als Einführung doch ein wenig unvollständig.»

Von Stanley ging so viel Munterkeit und gute Laune aus, daß Kitty es sich trotz der so kurzen Bekanntschaft nicht versagen konnte, der natürlichen Offenheit ihres Wesens nachzugeben. Zudem war sie mit seiner Familie verwandt und obendrein noch gut bekannt und fand deshalb, sie dürfe getrost vergessen, daß sie sich vor kurzem noch gar nicht gekannt hatten. «Mr. und Mrs. Stanley und Ihrer Schwester geht es sehr gut», sagte sie, «und für alle drei wird es eine große Überraschung sein, Sie hier zu sehen. Es tut mir sehr leid, daß Sie einen so unerfreulichen Anlaß zur Rückkehr hatten.»

«Reden wir nicht davon», erwiderte er. «Es ist eine verwünschte Angelegenheit, schon der Gedanke daran macht mich ganz elend. Aber wo sind meine Eltern und Ihre Tante? Übrigens gibt es in diesem Hause die hübscheste kleine Zofe, die mich einließ.

Ich dachte zuerst, Sie höchstpersönlich vor mir zu sehen.»

«Zu viel der Ehre, denn so weit geht meine Hilfsbereitschaft denn doch nicht. Ich öffne Besuchern nie die Tür.»

«Bitte zürnen Sie nicht, ich wollte Sie nicht kränken. Verraten Sie mir jetzt, wozu Sie sich so fein herausgeputzt haben? Ihr Wagen fährt gerade vor.»

«Ich gehe zu einem Tanzvergnügen in der Nachbarschaft, zu dem Ihre Familie und meine Tante bereits aufgebrochen sind.»

«Ohne Sie? Was hat das zu bedeuten? Aber vermutlich geht es Ihnen wie mir: Sie brauchen recht lange, um Garderobe zu machen.»

«Selbst wenn Ihre Vermutung zuträfe, wäre das in diesem Fall doch gar zu lang, denn sie sind schon fast zwei Stunden fort. Nein, ich ging nicht mit, weil ich Schmerzen hatte ...»

«Schmerzen?» fiel ihr Stanley ins Wort. «Auf Ehre, das ist schlimm, gleichgültig, wo der Schmerz sitzt. Wie wäre es aber, verehrte Miss Percival, wenn ich mit Ihnen ginge? Und Sie mit mir tanzten? Ich könnte mir das sehr vergnüglich vorstellen.»

«Gegen beides hätte ich nichts einzuwenden», erwiderte Kitty und mußte lachen, weil die Zofe mit ihrer Vermutung der Wahrheit so nah gekommen war. «Im Gegenteil, ich fühle mich sehr geehrt und kann mich dafür verbürgen, daß Sie der Familie, die den Ball gibt, hochwillkommen sein werden.»

«Zum Henker, was schert mich das? Die Tür werden sie mir schon nicht weisen. Nur werde ich in meinen staubigen Reisekleidern neben den Herzensbrechern von Devonshire eine recht traurige Figur machen. Umziehen kann ich mich nicht. Vielleicht könnten Sie mir ein wenig Haarpuder und einer der Bedienten könnte ein Paar Schuhe beschaffen. Ich hatte es bei der Abreise aus Lyon so eilig, daß ich nur ein wenig Wäsche einpacken ließ.»

Catharine war gern bereit zu besorgen, was er wünschte, rief einen Lakaien, der den jungen Mr. Stanley in das Ankleidezimmer seines Vaters bringen sollte, und wies Nanny an, Puder und Pomade hochzuschicken. Angesichts dieser doch recht geringfügigen Vorbereitungen dachte Kitty, er würde in etwa zehn Minuten zurück sein, doch zeigte sich, daß seine Feststellung von vorhin, er nähme sich in derlei Dingen immer sehr viel Zeit, durchaus ernst gemeint war, denn er ließ sie über eine halbe Stunde warten. Die Uhr hatte schon zehn geschlagen, als er hereinkam, und die übrige Gesellschaft war um acht aufgebrochen.

«Ging das nicht schnell?» fragte er. «In meinem ganzen Leben habe ich mich noch nicht so beeilt.»

«Wenn man es so sieht, haben Sie wohl recht», erwiderte Catharine. «Es ist eben alles relativ.»

«Ich wußte, daß es Sie freuen würde, wenn ich mich recht spute. Kommen Sie, der Wagen steht bereit, stellen Sie meine Geduld auf keine allzu harte Probe.» Mit diesen Worten nahm er sie bei der Hand und führte sie aus dem Haus.

«Nun, meine liebe Cousine», sagte er, als sie im Wagen Platz genommen hatten, «das wird eine schöne Überraschung für alle Anwesenden sein, wenn man Sie mit einem so stattlichen jungen Burschen hereinkommen sieht. Ich hoffe nur, daß wir Ihre Tante damit nicht beunruhigen.»

«Um das zu vermeiden», sagte Kitty, «wird es wohl das beste sein, nach meiner Tante oder Ihrer Mutter zu schicken, ehe wir den Saal betreten, zumal Sie ja ein Fremder sind und Mr. und Mrs. Dudley erst vorgestellt werden müssen.»

«Unsinn! Daß Sie auf solche Förmlichkeiten Wert legen, hätte ich Ihnen nicht zugetraut. Bei guten Bekannten ist diese Ziererei doch recht kindisch. Wenn wir zusammen den Saal betreten, sind wir morgen in aller Munde ...»

«Was mich nicht stören würde», sagte Kitty. «Wie meine Tante darüber denkt, weiß ich allerdings nicht. Frauen dieses Alters haben bisweilen recht eigenartige Vorstellungen von Schicklichkeit.» – «Die muß man ihnen abgewöhnen! Und was sollte sie schon dagegen haben, wenn Sie mit mir einen Raum betreten, in dem sich unsere Familie befindet, nachdem Sie mir die Ehre erwiesen haben, mich ohne Anstandsdame in Ihrer Chaise mitzunehmen? Glauben Sie nicht, daß für Ihre Tante das eine Vergehen so schwer wiegt wie das andere?»

«Schon möglich», sagte Catharine, «aber das ist kein Grund, sich nach einem ersten Verstoß gegen die Sitten noch einen zweiten zu leisten.»

«Im Gegenteil, gerade weil sie es nicht abermals *zum erstenmal* tun können, bleibt Ihnen gar keine Wahl.»

«Sie sind ein alberner Mensch!» sagte sie lachend. «Aber leider sind Ihre Argumente zu unterhaltsam, um mich zu überzeugen.»

«Zumindest von einem müßten Sie sie mittlerweile überzeugt haben: Daß ich mir schmeicheln darf, ein sehr angenehmer Bursche zu sein. Die Frage der Schicklichkeit wollen wir zurückstellen, bis wir am Ziel sind. Es ist demnach ein monatlich stattfindendes öffentliches Tanzvergnügen? Hier scheint ein tanzlustiges Völkchen zu wohnen.»

«Sagte ich Ihnen nicht, daß ein Mr. Dudley privat dazu eingeladen hat?»

«Doch, ganz recht, das sagten Sie. Aber warum sollte nicht Mr. Dudley jeden Monat einen Ball geben? Ich habe den Eindruck, daß heutzutage allenthalben Bälle gegeben werden, am Ende muß ich mich auch noch dazu verstehen. Und wie gefallen Ihnen meine Eltern? Und die arme kleine Camilla? Hat meine Schwester Sie auch nicht allzusehr mit den Halifax geplagt?» Zum Glück hielt jetzt die Kutsche bei den Dudleys, und Mr. Stanley war vollauf damit beschäftigt, ihr herauszuhelfen, so daß er keine Antwort erwartete oder aber vergessen hatte, daß er eine Frage gestellt hatte, die einer Antwort bedurfte.

Sie betraten die von Mr. Dudley großspurig zur Halle ernannte kleine Diele, und Kitty ersuchte den

Lakaien, Mrs. Percival oder Mrs. Stanley von ihrer Ankunft in Kenntnis zu setzen und herauszubitten. Mr. Stanley aber, der Widerspruch nicht gewohnt war und es eilig hatte, zu den anderen zu kommen, war weder bereit zu warten noch auf Catharines Vorstellungen zu hören, sondern nahm ohne weitere Umstände ihren Arm und redete seinerseits eifrig auf sie ein, so daß Kitty sich wohl oder übel fügte und halb verärgert, halb belustigt mit ihm die Treppe hinaufstieg. Nur mit Mühe konnte sie ihn dazu bewegen, vor Betreten des Saales ihre Hand freizugeben. Am anderen Ende des Raums hatte Mrs. Percival einer Dame soeben ausführlich berichtet, welch Mißgeschick ihre Nichte betroffen und mit welcher Seelenstärke sie den ganzen Tag die schlimmen Schmerzen ertragen hatte. «Als wir aufbrachen», sagte sie, «ging es ihr zum Glück ein wenig besser, und ich hoffe, sie hat sich wenigstens mit einem Buch die Zeit vertreiben können, die Ärmste. Wahrscheinlich liegt sie jetzt bereits im Bett, da sie sich so schlecht fühlte, was gewiß das beste für sie ist.»

Die Dame wollte dem gerade nachdrücklich beipflichten, als Stimmen auf der Treppe und der Lakai, der die Tür wie für die Ankunft weiterer Gäste öffnete, jedermann aufmerken ließen. Da dies gerade während einer Tanzpause geschah, in der man froh war, ein wenig zu sitzen, mußte Mrs. Percival erleben, wie ihre Nichte, die sie im Bett oder mit einem Buch beschäftigt glaubte, vor aller Augen –

hochelegant gekleidet, mit einem Lächeln auf den Lippen und vor Freude und Verlegenheit geröteten Wangen – den Saal betrat, eskortiert von einem ungewöhnlich gutaussehenden jungen Mann, der zwar nicht so verlegen, aber ebenso freudig erregt schien wie Catharine. Mrs. Percival verfärbte sich vor Ärger und Überraschung und stand auf, und Kitty ging auf sie zu, um so schnell wie möglich eine Situation zu erklären, die offenbar alle Anwesenden in Erstaunen versetzt, aber ihre Tante sichtlich verstimmt hatte, während Camilla sogleich auf ihren Bruder zulief und durch Wort und Tat klarmachte, wer er war. Für Mr. Stanley, der sehr an seinem Sohn hing, war es eine freudige Überraschung, ihn nach einem Vierteljahr wiederzusehen, so daß ihm auch die Tatsache, daß Edward ohne sein Wissen nach England gekommen war, vorerst die Stimmung nicht trüben konnte. Nachdem er Auskunft über den Anlaß der Reise erhalten hatte, ließ er das Thema zunächst ruhen, denn der Sohn wollte gern die Mutter begrüßen und mußte der Familie Dudley vorgestellt werden. Die Art, in der sich diese Einführung vollzog, wäre jedem anderen als Edward Stanley recht peinlich gewesen, denn da die Dudleys sich durch sein ungeladenes Erscheinen in ihrer Würde gekränkt fühlten, empfingen sie ihn betont arrogant. Stanley aber bemerkte das kaum, denn er besaß so viel Temperament und Selbstvertrauen, daß er sich nicht leicht durch andere von seinem Weg abbringen ließ und Kritik gewöhnlich an ihm abprallte. Er erwiderte die kalten Höflichkeitsbezeigungen seiner Gastgeber mit der ihm eigenen unbefangenen Herzlichkeit und begab sich dann mit seinem Vater und seiner Schwester in ein Nebenzimmer, wo seine Mutter beim Kartenspiel saß und er erneut Überraschung und Wiedersehensfreude über sich ergehen lassen und seinerseits Erklärungen abgeben mußte.

Camilla, die darauf brannte, sich einer verständnisvollen Seele mitzuteilen, setzte sich neben Catharine und sprudelte los: «Ist Ihnen jemals etwas so Entzückendes begegnet? Aber so ist das immer: Ich habe noch keinen Ball erlebt, auf dem nicht unvermutet etwas ganz Himmlisches passiert wäre.»

«Bälle», versetzte Kitty, «scheinen für Sie ganz besonders reich an Ereignissen zu sein.»

«Das will ich meinen! Die überraschende Rückkehr meines Bruders ist dafür nur *ein* Beispiel. Aber ist es nicht ein schrecklicher Anlaß? Ich habe noch gar nie etwas so Schreckliches gehört...»

«Aber sagen Sie doch, weshalb ist er denn aus Frankreich zurückgekommen? Es tut mir leid, daß der Anlaß so betrüblich war.»

«Sie machen sich keine Vorstellung! Sein liebstes Jagdpferd, das er hier zurückließ, als er ins Ausland ging, erkrankte... Oder nein, ich glaube, es ist verunglückt... das eine oder das andere oder noch etwas Drittes... jedenfalls schickten sie sogleich eine eilige Botschaft an meinen Bruder in Lyon, da sie wußten, daß ihm das Tier ans Herz gewachsen war, und mein Bruder machte sich sofort auf die Reise, ohne auch nur einen zweiten Rock einzupacken. Ich war sehr ungehalten. Es ist doch zu dumm, ohne Sachen zum Wechseln wegzufahren.»

«Das scheint ja wirklich eine schlimme Geschichte zu sein», sagte Catharine.

«Es geht über alle Begriffe. In meinen Augen hätte ihm gar nichts Schlimmeres passieren können als der Verlust dieses Tieres.»

«Bis auf den Antritt einer Reise ohne einen Rock zum Wechseln.»

«Ganz recht. Sie glauben gar nicht, wie mich das verdroß. Ja, und als Edward nach Brompton kam, war das arme Tier tot. Und weil es ihn danach dort nicht mehr litt, fuhr er geradewegs nach Chetwynde, um uns zu besuchen. Hoffentlich muß er nicht wieder fort.»

«Halten Sie das für denkbar?»

«Doch, sicher, aber ich wünschte von Herzen, es müßte nicht sein. Sie glauben gar nicht, wie gern ich ihn habe. Nebenbei, sind Sie nicht auch in ihn verliebt?»

«Gewiß», erwiderte Kitty lachend. «Ich verliebe mich in jeden gutaussehenden Mann, der mir zu Gesicht kommt.»

«Mir geht es genauso. Ich bin ständig in jeden gutaussehenden Mann auf der Welt verliebt.»

«Da sind Sie mir über», versetzte Catharine, «denn ich verliebe mich nur in diejenigen, die ich sehe.»

Als Mrs. Percival, die auf der anderen Seite neben ihr saß, etwas von «Liebe» und «gutaussehender Mann» vernahm, wandte sie sich rasch um und fragte: «Was redest du da, Catharine?», was diese mit einem kindlich-unschuldigen «Nichts, Ma'am!» beantwortete. Die Tante hatte Catharine wegen ihres leichtfertigen Verhaltens schon die schärfsten Vorhaltungen gemacht. Sie hatte beanstandet, daß Catharine zu dem Ball gekommen, mit Edward Stanley in einer Kutsche gefahren und vor allem mit ihm zusammen den Saal betreten hatte. Wie sie das letztgenannte Vergehen entschuldigen sollte, wußte Catharine nicht, und was das zweite anging, hätte sie gern entgegnet, sie habe nicht so unhöflich sein wollen, Mr. Stanley zu Fuß gehen zu lassen, versagte sich aber diesen kleinen Scherz, um ihre Tante nicht noch mehr zu reizen. Den ersten Vorwurf jedoch empfand sie als äußerst ungerecht, denn sie sah nicht ein, weshalb sie nicht zu dem Ball hätte gehen sollen. Die Vorwürfe setzten sich fort, bis Edward den Saal betrat, auf Catharine zuging und sie mit den Worten, alle warteten darauf, daß sie den nächsten Tanz eröffne, an den Anfang der Reihe führte, denn Kitty hatte ihm, begierig, der lästigen Mahnerin zu entkommen und ohne sich auch nur der Form halber gegen diese Auszeichnung zu sträuben, sofort ihre Hand gereicht und ließ sich bereitwillig auf die Tanzfläche führen. Das aber nahmen ihr etliche junge Damen im Saal übel, unter anderem Miss Stanley, die auch durch die überschwenglichste Liebe zu dem Bruder und die herzlichste Verbundenheit mit Kitty gegen eine solche Bedrohung ihres Selbstbewußtseins und ihres Seelenfriedens nicht gefeit war. Edward war, als er Miss Percival aufforderte, den Tanz zu eröffnen, nur seinen eigenen Neigungen gefolgt, ohne Rücksicht auf die Wünsche der anderen Gäste zu nehmen oder nach ihnen auch nur zu fragen. Catharine genoß als Erbin einiges Ansehen, das sie allein von der Herkunft her nicht erwarten durfte, denn ihr Vater war Kaufmann gewesen, und eben dieser Umstand war es, an dem Camilla besonderen Anstoß genommen hatte. Wenn sie auch bisweilen aus Übermut und um sich Freunde zu machen, gern behauptete, sie wüßte nicht, wer ihr Großvater gewesen sei, und verstünde von Genealogie so wenig wie von Astronomie (oder von Geographie, wie sie hätte anfügen können), war sie in Wirklichkeit sehr stolz auf ihre Familie und deren Verbindungen und schnell gekränkt, wenn beidem die gebührende Anerkennung versagt blieb.

«Ich hätte mir nichts daraus gemacht», sagte sie zu ihrer Mutter, «wäre sie eines anderen Mannes Tochter gewesen. Doch sich über mich zu erheben, obschon ihr Vater nur Kaufmann war, ist doch zu arg. Es ist ein Affront gegen unsere Familie. Ich sage dir, da müßte Papa einschreiten, aber der hat ja nur seine Politik im Kopf. Wäre ich Mr. Pitt oder der Lordkanzler, würde er schon Sorge tragen, daß man mir nicht zu nahe tritt, aber an mich verschwendet er ja keinen Gedanken. Es ist zu ärgerlich, daß Edward mit ihr den Tanz eröffnet hat. Ich wünschte, er wäre nicht nach England zurückgekommen. Und ihr würde ich wünschen, daß sie sich den Hals bricht oder den Fuß verrenkt.»

Mrs. Stanley, die in dieser Angelegenheit mit ihrer Tochter einig ging, äußerte sich zwar weniger hitzig, aber in der Sache ebenso entschieden. Da Kitty sich der Tatsache, daß sie Anstoß erregt hatte, nicht bewußt war, konnte sie dafür weder Abbitte noch Wiedergutmachung leisten. Ahnungslos und ohne sich um ihre Umgebung zu kümmern, gab sie sich ganz dem Vergnügen hin, mit dem elegantesten jungen Mann im Saal zu tanzen. So verging ihr der Abend aufs erfreulichste. Edward Stanley war fast durchgängig ihr Partner, und mit seiner angenehmen Erscheinung, seinen guten Manieren und seiner Lebhaftigkeit hatte er, wie das bei einem Zusammentreffen dieser Eigenschaften nicht ausbleiben kann, sehr bald Kittys Herz gewonnen. Sie war so glücklich, daß sie weder den Unmut ihrer Tante noch Camillas verändertes Verhalten beachtete. In ihrer gehobenen Stimmung sah sie völlig über beider Unwillen hinweg und fragte auch nicht nach dessen Ursache.

Mr. Stanley machte das Wiedersehen mit dem Sohn zuviel Freude, als daß ihn dessen unbedachtes Verhalten verstimmt hätte; dennoch stand für ihn fest, daß Edward nicht in England bleiben dürfe, und er hatte sich vorgenommen, seine Rückreise nach Möglichkeit zu beschleunigen. Als er aber seinen Sohn darauf ansprach, zeigte sich, daß dieser, statt nach Frankreich zurückzukehren, viel lieber die Familie auf ihrer geplanten Reise begleitet hätte, was er sich, wie er seinem Vater sagte, sehr vergnüglich vorstellte. Andere Länder kennenzulernen, fand er dagegen nicht so wichtig, das könne er immer noch hinter sich bringen, wenn er einmal nichts Besseres zu tun habe. Sein Ton ließ unschwer erkennen, daß er fest damit rechnete, seinen Willen zu bekommen und die von Mr. Stanley vorgebrachten Bedenken, die er lediglich als Hervorkehrung väterlicher Autorität betrachtete, leicht ausräumen zu können. Als die Chaise, in der sie zusammen von Mr. Dudley zurückkamen, vor Mrs. Percivals Haus hielt, bemerkte er abschließend: «Aber diese Frage können wir auch später noch regeln, glücklicherweise ist sie ja von so geringem Gewicht, daß wir sie nicht sofort zu entscheiden brauchen.» Darauf stieg er aus und betrat das Haus, ohne die Antwort seines Vaters abzuwarten.

Erst auf der Rückfahrt bekam Kitty eine Erklärung für Camillas plötzlich so unübersehbar ablehnende Haltung. Als sie und ihre Tante mit den anderen beiden Damen in der Kutsche Platz genommen hatten, konnte Miss Stanley ihre Entrüstung nicht mehr zurückhalten und machte ihr mit den folgenden Worten Luft: «Also das muß ich jetzt einmal sagen: In meinem ganzen Leben bin ich noch auf keinem so dummen Ball gewesen. Aber so ist das immer: Auf Bällen erlebe ich aus diesem oder jenem Grund stets eine Enttäuschung. Von mir aus brauchte es überhaupt keine zu geben.»

«Es tut mir leid, Miss Stanley», sagte Mrs. Percival und richtete sich kerzengerade auf, «daß Sie sich nicht gut unterhalten haben. Dabei war alles gewiß gut gemeint, und wenn Sie so schwer zufriedenzustellen sind, wird Ihre Mama es sich sicher zweimal überlegen, Sie noch einmal zu einem Tanzvergnügen mitzunehmen.»

«Von mitnehmen, Ma'am, kann wohl keine Rede sein. Ich bin bereits in die Gesellschaft eingeführt.»

«Ich bitte Sie, beste Mrs. Percival», versetzte Mrs. Stanley, «Sie dürfen nicht alles auf die Goldwaage legen, was meine liebe Camilla in ihrem Überschwang heraussprudelt, sie überlegt sich leider nicht immer, was sie sagt. Ein eleganteres und angenehmeres Tanzvergnügen als das heutige läßt sich ja gar nicht denken, und so hat Camilla es wohl auch gemeint.»

«Ja, sicher», erwiderte Camilla sehr verdrießlich, «nur habe ich es eben nicht gern, wenn sich jemand so abscheulich flegelhaft gegen mich benimmt. Ich bin keinesfalls gekränkt, und es würde mir nichts ausmachen, wenn alle Welt sich über mich erheben würde, aber abscheulich ist es doch, und ich kann mich nicht damit abfinden. Es wäre mir ebenso recht, den ganzen Abend ganz unten statt ganz oben in der Reihe zu stehen, wenn es nicht so ärgerlich wäre. Aber daß jemand noch derart spät daherkommt und einem den Platz wegnimmt, daran bin ich nicht gewöhnt, und wenn ich auch um meinetwegen keinen Pfifferling darum gebe, verzeihen oder vergessen kann ich so etwas doch nicht so leicht.»

Kitty, der durch diese Rede der Stand der Dinge hinreichend klargeworden war, beeilte sich, submissest Abbitte zu leisten, denn sie war zu einsichtig, um sich Familiendünkel zu leisten, und zu gutherzig, um mit ihren Mitmenschen im Unfrieden zu leben. Sie brachte ihre Entschuldigung so reuig und mit so unverstellter Herzlichkeit vor, daß Camilla nicht gut an ihrem Ärger festhalten konnte, sondern im Gegenteil mit großer Genugtuung zur Kenntnis nahm, daß man sie nicht mit Absicht gekränkt und daß Catharine ihre niedere Herkunft, deretwegen man sie schließlich nur bemitleiden konnte, keinesfalls vergessen hatte. Nachdem sie nun ebenso schnell ihre gute Laune wiedergefunden hatte, wie sie ihr vorhin abhanden gekommen war, äußerte sie sich hochbeglückt über den Verlauf des Abends und erklärte, sie habe noch nie einen so schönen Ball erlebt. Mit ihrer reuevollen Abbitte an Camilla machte Catharine sich auch Mrs. Stanley wieder geneigt, und zur vollständigen Wiederherstellung der Harmonie fehlte jetzt nur noch Mrs. Percivals Einlenken. Diese aber, verstimmt durch Camillas Überheblichkeit und mehr noch durch das unvermutete Auftauchen ihres Bruders in Chetwynde und überhaupt mit dem ganzen Abend unzufrieden, verharrte in finsterem Schweigen, was die gute Stimmung ihrer Begleiterinnen erheblich dämpfte.

Eilfertig ergriff Mrs. Percival am nächsten Morgen die erstbeste Gelegenheit, um Mr. Stanley auf die Abreise seines Sohnes anzusprechen, und nachdem sie bemerkt hatte, es sei recht töricht von ihm gewesen, überhaupt zu kommen, ersuchte sie ihn, Mr. Edward Stanley mitzuteilen, sie habe es sich zur Regel gemacht, junge Männer nie auf längere Zeit unter ihrem Dach zu dulden.

«Ich will Ihnen nicht zu nahetreten», fuhr sie fort, «aber wenn er länger bliebe, könnte ich das vor mir selbst nicht verantworten. Es ist nicht auszudenken, was sich daraus ergeben könnte, denn junge Mädchen pflegen heutzutage gutaussehende junge Männer allen anderen vorzuziehen, obschon ich das nie habe verstehen können, denn was sind am Ende Jugend und Schönheit? Doch nur ein armseliger Ersatz für wahre Werte. Glauben Sie mir, Cousin, nichts ziert den Menschen mehr als die Tugend, da mögen die Leute sagen, was sie wollen. Daß ein Mann jung und hübsch ist und ein angenehmes Wesen hat, zählt wenig gegen einen lauteren Charakter, das ist und bleibt meine Meinung, und ich wäre Ihnen deshalb sehr verbunden, wenn Sie Ihren Sohn bitten würden, Chetwynde zu verlassen, sonst kann ich mich für das, was zwischen ihm und meiner Nichte passieren könnte, nicht verbürgen. Es mag Sie erstaunen, daß *ich* das sage», fuhr sie mit gesenkter Stimme fort, «aber ich will ganz ehrlich sein: Kitty ist eins der unbedachtesten Mädchen, die sich denken lassen. Ob Sie es glauben oder nicht – ich habe sie neben einem jungen Mann sitzen und mit ihm lachen und flüstern sehen, dem sie zuvor nicht öfter als fünf- oder sechsmal begegnet war. Ihr Verhalten ist in der Tat skandalös, und deshalb muß ich Sie ersuchen, Ihren Sohn umgehend wegzuschicken, sonst geht am Ende bald alles drunter und drüber.»

Mr. Stanley, der sich unwillkürlich gefragt hatte, wie weit Kitty, wenn man diesen Andeutungen Glauben schenken wollte, in ihrer Unbedachtsamkeit wohl gegangen war, bemühte sich jetzt, Mrs. Percivals Befürchtungen zu zerstreuen, indem er ihr versicherte, er habe ohnehin vorgehabt, seinen Sohn nur noch heute bei sich zu behalten, und würde ihr zu Gefallen noch nachdrücklicher auf seiner Abreise bestehen. Entgegen seiner eigenen Überzeugung fügte er hinzu, auch Edward liege sehr viel daran, nach Frankreich zurückzukehren, um nicht noch mehr Zeit zu verlieren, die er für seine Vorhaben benötigte. Diese Zusicherung des Vaters beruhigte Mrs. Percival zumindest so weit, daß sie sich zutraute, dem Sohn in der kurzen verbleibenden Zeit mit der gebotenen Höflichkeit zu begegnen. Mr. Stanley begab sich sogleich zu Edward, berichtete ihm von dem Gespräch mit Mrs. Percival und betonte, der Sohn müsse auf jeden Fall am nächsten Tag Chetwynde verlassen, er stehe bei Mrs. Percival dafür im Wort. Von all dem schien Edward allein Mrs. Percivals groteske Befürchtungen zur Kenntnis genommen zu haben. Der Gedanke, daß er ihr dazu den Anlaß geliefert hatte, ergötzte ihn sehr, und er dachte fortan nur noch daran, wie er es anstellen könnte, sie in weitere Unruhe zu versetzen. Mr. Stanley brachte kein vernünftiges Wort mehr aus ihm heraus, und obschon er bei sich dachte, daß wohl alles noch gut ausgehen könne, trennte er sich fast verstimmt von seinem Sohn.

Edward Stanley, der sich keinesfalls mit Heiratsabsichten trug und in Miss Percival nichts weiter als ein liebenswertes, temperamentvolles junges Mädchen sah, das allem Anschein nach Gefallen an ihm gefunden hatte, machte sich ein Vergnügen daraus, durch seine Aufmerksamkeiten Kitty gegenüber die Ängste der Tante zu schüren, ohne dabei zu bedenken, was er damit bei der jungen Dame anrichten mochte. Er setzte sich stets neben sie, schien verstimmt, wenn sie das Zimmer verließ, und erkundigte sich angelegentlich, ob sie wohl bald zurückkäme. Er äußerte sich entzückt über ihre Zeichnungen und bezaubert über ihre Darbietungen auf dem Spinett. Alles, was sie sagte, fand sein Interesse, im Gespräch wandte er sich ausschließlich an sie, Catharine schien der einzige Gegenstand seiner Aufmerksamkeit. Daß er mit diesen Bemühungen bei der auf derlei Alarmzeichen so empfindlich reagierenden Tante Erfolg hatte, darf ebenso wenig verwundern wie die Wirkung, die seine Aufmerksamkeiten auf deren Nichte hatten, die eine lebhafte Einbildungskraft und eine romantische Veranlagung besaß, bereits großen Gefallen an ihm gefunden hatte und sich ähnliche Empfindungen auch bei ihm erhoffte. Je mehr sich die Überzeugung in ihr festigte, daß er etwas für sie übrig hatte, desto mehr Gefallen fand sie an ihm und desto lebhafter wünschte sie, ihn näher kennenzulernen. Mrs. Percival litt den ganzen Tag Folterqualen. Noch nie hatte sie Vergleichbares durchgemacht, noch nie hatte sie so viel und so berechtigte Angst um Catharine gehabt. Ihre Abneigung gegen Edward Stanley, der Unmut über ihre Nichte und der dringende Wunsch, die beiden zu trennen, siegten über Schicklichkeit und gute Erziehung, und obschon er selbst nicht die Absicht geäußert hatte, sie am folgenden Tag zu verlassen, konnte sie es sich nicht versagen, nach dem Essen bei ihm anzufragen, um welche Zeit er aufbrechen wolle.

«Sie dürfen sich glücklich schätzen, Ma'am», erwiderte er, «wenn ich bis Mitternacht aus dem Hause bin; wo nicht, haben Sie es sich selbst zuzuschreiben, daß ich mir die Freiheit nehme, zumindest über die *Stunde* meiner Abreise selbst zu entscheiden.»

Mrs. Percival errötete heftig und begann sogleich eine an keine bestimmte Adresse gerichtete Philippika über das bodenlose Benehmen der jungen Männer von heute und die erstaunlichen Veränderungen, die sie seit ihrer eigenen Jugend an ihnen hatte feststellen müssen, was sie mit vielen lehrreichen Geschichten über Bescheidenheit und Anstand ihrer damaligen Bekannten belegte. Das hinderte Edward Stanley nicht daran, abends fast eine Stunde allein mit ihrer Nichte im Garten zu lustwandeln. Die beiden hatten mit Camilla den Salon verlassen, als Mrs. Percival gerade nicht zugegen war, und als sie zurückkam, dauerte es geraume Zeit, bis sie erfuhr, wo sie waren. Camilla war zwei- oder dreimal mit ihnen auf dem Weg zur Laube hin- und hergegangen und dann einer Unterhaltung müde geworden, in die sie nur selten einbezogen wurde und zu der sie, da auch von Büchern die Rede war, wenig beitragen konnte. In der Laube hatte sie Edward und Catharine sich selbst überlassen, war allein in einen anderen Teil des Gartens geschlendert, hatte ein wenig Obst genascht und einen Blick in Mrs. Percivals Gewächshaus geworfen. Die anderen beiden vermerkten ihr Fehlen ohne Bedauern, ja, sie nahmen es kaum wahr und plauderten weiter angeregt über fast jeden Gegenstand unter der Sonne – denn Stanley verweilte selten lange bei einem Thema und hatte zu allem etwas zu sagen –, bis ihr Gespräch von Catharines Tante unterbrochen wurde.

Kitty war inzwischen zu der Überzeugung gelangt, daß Edward Stanley von der Veranlagung wie auch von der Bildung her seiner Schwester weit überlegen war. Weil ihr so viel daran lag, daß er dies wirklich sei, hatte sie bei jeder Gelegenheit geschichtliche Themen angeschnitten, und sie befanden sich bald in einem historischen Disput, für den sie sich keinen besseren Partner hätte denken können als Stanley, der nicht nur keiner Partei angehörte, sondern auf diesem Gebiet auch keine nennenswerte eigene Meinung hatte, so daß er sowohl die eine als auch die andere Seite vertreten konnte, wobei er seine Argumente in jedem Fall mit großem Schwung vorbrachte. Darin unterschied er sich wesentlich von Catharine, die sich aufgrund ihrer spontanen Gefühle rasch ein Urteil bildete und es – obschon sie keineswegs Anspruch auf Unfehlbarkeit erhob – mit einer Hingabe und Begeisterung verteidigte, die bewies, daß sie selbst von ihrem Standpunkt durchaus überzeugt war.

Sie hatten gerade den Charakter von Richard dem Dritten abgehandelt, für den Edward Stanley sich mit großem Eifer einsetzte, als er unvermittelt ihre Hand ergriff, sie mit den bewegten Worten: «Auf Ehre, Sie befinden sich völlig im Irrtum!» inbrünstig an die Lippen drückte und aus der Laube stürzte. Verwundert über dieses ihr unerklärliche Verhalten blieb Kitty noch einen Moment regungslos sitzen und wollte ihm gerade auf dem schmalen Weg folgen, den er eingeschlagen hatte, als sie aus einer anderen Richtung in ungewöhnlicher Eile ihre Tante auf sich zukommen sah. Das erklärte seinen unvermittelten Aufbruch, doch seine Abschiedsgeste war ihr nach wie vor unverständlich. Daß ausgerechnet ihre Tante sie an diesem Ort mit Edward gesehen und daß ausgerechnet Mrs. Percival, der jede Galanterie zuwider war, Edwards unerklärliches Verhalten beobachtet hatte, war Catharine recht peinlich. Verlegen, bekümmert und unentschlossen blieb sie deshalb in der Laube sitzen und wartete, bis ihre Tante herangekommen war.

Mrs. Percivals Miene war nicht dazu angetan, die Nichte zu ermutigen, die schweigend ihre Vorwürfe erwartete und überlegte, wie sie sich verteidigen sollte. Nach einer kleinen Pause – denn Mrs. Percival war zu ermattet, als daß sie sofort hätte zur Sache kommen können – begann sie sehr zornig und mit großer Schärfe: «Das übersteigt nun wirklich alle meine Vorstellungen! Ich wußte ja um deine Sittenlosigkeit, aber auf so einen Anblick war ich doch nicht gefaßt. So tief bist du bisher noch nie gesunken, so etwas habe ich in meinem ganzen Leben nicht gehört, so viel Impertinenz ist einmalig für ein junges Mädchen. Das ist nun der Lohn für meine sorgfältige Erziehung, für alle meine Mühen und Plagen. Mein ganzes Bestreben ging dahin, dich zu einem tugendhaften Menschen zu erziehen. Nicht daß du auf dem Spinett zu spielen verstehst oder im Zeichnen alle anderen übertriffst, war mir wichtig; ich wollte nur ein braves, achtbares Mädchen aus dir machen, das der Jugend aus der Nachbarschaft mit leuchtendem Beispiel vorangehen sollte. Ich habe dir Blairs Predigten* gekauft und *Cœlebs in Search of a Wife**, ich gab dir den Schlüssel zu meiner Bibliothek und lieh mir zahlreiche gute Bücher von den Nachbarn. Ich hätte mir die Mühe sparen können! O Catharine, du verlorenes Geschöpf, was soll aus dir werden? Doch sehe ich zu meiner Freude», fuhr sie ein wenig milder fort, «daß du einige Scham über dein Tun empfindest, und wenn du Besserung gelobst und fortan ein Leben in tätiger Reue führen willst, kann dir vielleicht verziehen werden. Eins aber ist gewiß: Alles geht jetzt drunter und drüber, und im ganzen Reich wird bald jegliche Ordnung zusammenbrechen.»

«Was Sie nun hoffentlich nicht mir anlasten werden», versetzte Catharine in demütigem Ton. «Ich schwöre Ihnen, daß ich heute abend nichts getan habe, was dazu angetan wäre, die Ordnung des Reiches zu gefährden.»

«Du irrst, liebes Kind», erwiderte die Tante. «Das Wohl eines Volkes hängt an der Tugend seiner Bürger, und wer so gröblich gegen Anstand und Sitte verstößt wie du, trägt dazu bei, das ganze Volk in den Abgrund zu stürzen. Du hast der Welt ein schlechtes Beispiel gegeben, und schlechten Beispielen folgt die Welt nur allzu gern.»

«Verzeihen Sie, Madam», versetzte Catharine, «aber ein Beispiel kann ich nur Ihnen gegeben haben, da Sie allein mein Vergehen bemerkten. Von dem, was ich getan habe, ist wohl keine Gefahr zu befürchten. Mr. Stanleys Verhalten hat mich nicht weniger überrascht als Sie, und ich kann nur annehmen, daß er sich von einem gewissen Übermut hat verleiten lassen, den er sich aufgrund unserer Beziehung vielleicht glaubte erlauben zu dürfen. Doch meinen Sie nicht, daß es recht spät wird? Sie sollten wohl besser wieder ins Haus gehen.»

Catharine wußte wohl, daß dieser Hinweis seine Wirkung auf die Tante nicht verfehlen würde. Mrs. Percival erhob sich sogleich, um schleunigst den Rückweg anzutreten, und über den Befürchtungen um ihre Gesundheit vergaß sie vorübergehend alle Sorgen um die Nichte, die still neben ihr herging und über die Begebenheit nachsann, die ihre Tante mit soviel Besorgnis erfüllte. «Ich bin selbst erstaunt über meinen Leichtsinn», bemerkte Mrs. Percival. «Wie konnte ich so unbedacht sein, spätabends im Freien zu sitzen? Gewiß wird mich nun wieder das Rheuma plagen ... schon fange ich an zu frösteln. Sicher habe ich mir eine schwere Erkältung zugezogen, die mich den ganzen Winter plagen wird. Laß einmal sehen ...» Sie zählte an den Fingern ab. «Jetzt haben wir Juli, bald kommt die kalte Jahreszeit ... August ... September ... Oktober ... November ... Dezember ... Januar ... Februar ... März ... April ... Vor Mai werde ich kaum wiederhergestellt sein. Ich werde, ja, ich muß die Laube abreißen lassen, sie ist noch mein Tod, wer weiß, ob ich mich überhaupt noch einmal erhole ... Beispiele gibt es genug ... Etwas Ähnliches hat Miss Sarah Hutchinson das Leben gekostet ... Sie war an einem Aprilabend lange im Freien geblieben und naß bis auf die Haut geworden, da es stark regnete, und unterließ es, zu Hause die Kleidung zu wechseln. Niemand kann sagen, wie viele Menschen schon an den Folgen einer Erkältung gestorben sind. Ich glaube, es gibt außer den Pocken kein Leiden auf der Welt, das man sich nicht durch eine Erkältung zuziehen kann.»

Vergeblich suchte Kitty sie davon zu überzeugen, daß ihre Befürchtungen diesmal grundlos waren, daß um diese Zeit noch keine Erkältung drohte oder zumindest doch Hoffnung bestand, die Tante werde sich keine Folgeleiden zuziehen und vor Ablauf von zehn Monaten wiederhergestellt sein. Mrs. Percival erwiderte, sie sei über Unpäßlichkeiten aller Art hinlänglich unterrichtet und brauche sich in diesem Punkt hoffentlich nicht von einem jungen Mädchen belehren zu lassen, das immer kerngesund gewesen war. Dann begab sie sich eilends auf ihr Zimmer, nachdem sie Kitty beauftragt hatte, sie bei Mr. und Mrs. Stanley zu entschuldigen, da sie genötigt sei, sich zu Bett zu legen. Mrs. Percival erachtete dies offenbar als eine völlig hinreichende Entschuldigung, Kitty aber war es doch ein wenig peinlich, ihren Gästen nur sagen zu können, ihre Tante habe sich *möglicherweise* erkältet, denn Mrs. Percival hatte ihr noch aufgetragen, den Fall als möglichst harmlos hinzustellen, um sie nicht zu beunruhigen.

Da Mr. und Mrs. Stanley aber die Ängste ihrer Cousine kannten, nahmen sie Kittys Nachricht ohne allzu große Verwunderung und mit der gebührenden Anteilnahme auf. Wenig später kamen Edward und seine Schwester herein, und Kitty fiel es nicht schwer, eine Erklärung für sein Verhalten zu bekommen, denn er war so begierig, den Ausgang zu erfahren, daß er sich sogleich danach erkundigte. Kitty konnte nicht umhin, sich über sein unbefangen und mit großem Gleichmut abgelegtes Geständnis zu wundern und zu kränken, er habe der Tante nur einen Schrecken einjagen wollen, indem er vorgab, eine Neigung für die Nichte zu empfinden, hatte sie doch geglaubt, er fühle sich wirklich zu ihr hingezogen. Zwar kannte sie ihn noch nicht so gut, daß sie sich geradezu in ihn verliebt hätte, dennoch fand sie es sehr enttäuschend, daß ein so gutaussehender, eleganter und temperamentvoller junger Mann mit derlei Gefühlen offenbar nur seinen Scherz trieb. In seinem Wesen war ihr etwas Neues begegnet, das sie als sehr angenehm empfunden hatte. Seine Erscheinung war einnehmend, sein lebhafter Geist entsprach dem ihren, sein Betragen war so schwungvoll und gewinnend, daß sie bei sich gedachte hatte, er könne eigentlich gar nicht anders als liebenswert sein. Er selbst war sich dieser guten Eigenschaften wohl bewußt, verdankte er ihnen doch, daß sein Vater ihm schon oft Fehler verziehen hatte, die er einem plumpen, täppischen Jungen vielleicht nicht nachgesehen hätte. Ihnen mehr noch als seinem Stand oder seinem Vermögen verdankte es Edward Stanley, daß er überall und insbesondere bei den jungen Frauenzimmern wohlgelitten war, und mit ihrer Hilfe gelang es ihm auch, Kittys Zorn zu beschwichtigen und ihre gute Stimmung nicht nur wiederherzustellen, sondern sogar noch zu steigern.

Der Abend verlief ebenso angenehm wie der vorangegangene. Sie setzten ihre Gespräche fort, und soviel vermochten seine gewinnenden Manieren und seine strahlenden Augen, daß Catharine, als sie einander eine gute Nacht wünschten, erneut so gut wie überzeugt davon war, daß er sie liebte, obschon sie noch vor wenigen Stunden geglaubt hatte, diesen Gedanken ein für allemal aufgeben zu müssen Sie überdachte noch einmal ihre Unterhaltung, und obschon sie die verschiedensten und auch recht unwichtige Themen behandelt hatten und sie sich an keinen Satz Edwards erinnern konnte, in dem er sie seiner Zuneigung ausdrücklich versichert hätte, war ihr doch fast, als hätte er es getan. Weil sie aber doch nicht so eitel sein wollte, etwas Derartiges ohne hinreichenden Grund anzunehmen, beschloß sie, zunächst bis zum anderen Morgen abzuwarten. Spätestens beim Abschied mußte sich erweisen, ob die von ihr vermutete Neigung tatsächlich vorhanden war.

Je näher sie ihn kennenlernte, desto besser gefiel er ihr und desto mehr wünschte sie sich, dies möge auch umgekehrt der Fall sein. Sie hatte den Eindruck, daß er ein gescheiter, humorvoller Mensch war, und sagte sich, Gedankenlosigkeit und Unbedachtsamkeit, die sie an ihm recht liebenswert fand, die ihm aber von vielen als Charakterfehler angekreidet wurden, seien nur eine Folge seines Temperaments – bei einem jungen Mann ein durchaus ansprechender Zug – und keineswegs Zeichen eines schwachen, seichten Verstandes. Nachdem sie diesen Punkt zu ihrer Zufriedenheit geklärt hatte, legte sie sich in bester Stimmung zu Bett und beschloß, das Studium seines Charakters und seines Betragens am nächsten Tag fortzusetzen.

Mit diesem guten Vorsatz stand sie auch wieder auf und hätte ihn gewiß ausgeführt, wäre nicht gleich morgens Anne mit der Nachricht zu ihr gekommen, daß Mr. Edward Stanley bereits fort war. Zuerst mochte sie es kaum glauben, doch als ihre Zofe beteuerte, er habe am Vorabend die Chaise für sieben Uhr in der Früh bestellt, und sie habe ihn mit eigenen Augen kurz nach acht wegfahren sehen, war kein Zweifel mehr möglich. «Und das», dachte Catharine und errötete vor Zorn über ihre Torheit, «ist nun seine Zuneigung, deren ich so sicher war. Was ist die Frau doch für ein dummes Ding, wie eitel, wie unvernünftig!* Zu glauben, daß ein junger Mann sich innerhalb von vierundzwanzig Stunden ernstlich in ein junges Mädchen verlieben könnte, das nichts Besseres zu bieten hat als ein Paar schöne Augen! So ist er denn wirklich abgereist – vielleicht, ohne auch nur einen Gedanken an mich zu verschwenden. Ach, warum war ich um acht Uhr noch nicht auf? Doch das ist die gerechte Strafe für meine Trägheit und Narretei, ich bin herzlich froh darüber. Das alles und zehnmal mehr habe ich verdient für meine unerträgliche Eitelkeit. So habe ich doch zumindest in einer Beziehung einen Nutzen davon: Ich habe gelernt, daß nicht jeder Mann sich gleich in mich verliebt. Dennoch hätte ich ihn vor seiner Abreise gern noch einmal gesehen, denn vielleicht vergehen Jahre, bis wir einander wieder begegnen. So, wie er mich verlassen hat, scheint es aber, als mache er sich nicht das mindeste aus mir. Wie seltsam, daß er aufbrach, ohne uns Bescheid zu geben oder sich zu verabschieden. Doch das ist typisch für die jungen Männer – sie folgen der Laune des Augenblicks oder allein dem Wunsch, etwas Ausgefallenes zu tun. Es sind doch unerklärliche Geschöpfe! Und junge Frauen sind genauso albern. Bald werde ich wie meine Tante glauben, daß alles drunter und drüber geht und die ganze Menschheit dabei ist zu entarten.»

Sie hatte sich angekleidet und wollte gerade ihr Zimmer verlassen, um sich nach Mrs. Percivals Befinden zu erkundigen, als Miss Stanley erschien und in ihrer gewohnten weitschweifigen Art darüber lamentierte, wie unausstehlich es von ihrem Vater sei, Edward wegzuschicken und wie abscheulich von diesem, schon so früh aufzubrechen. «Du kannst dir nicht vorstellen», sagte sie, «wie verwundert ich war, als er in mein Zimmer trat, um mir Lebewohl zu sagen...»

«Du hast ihn also heute früh gesehen?» fragte Kitty.

«O ja, dabei war ich so schlaftrunken, daß ich die Augen kaum aufbekam. ‹Lebewohl, Camilla›, sagte er, ‹ich gehe. Die Zeit reicht nicht, mich von den anderen zu verabschieden, und Kitty wage ich nicht gegenüberzutreten, denn dann, das weiß ich, käme ich nie weg ...›»

«Unsinn», versetzte Catharine, «das hat er nicht gesagt, oder allenfalls im Scherz.»

«Nein, nein, es war ihm so ernst wie noch nie im Leben, zum Scherzen war er gewiß nicht aufgelegt. Und ich solle ihn, wenn wir alle beim Frühstück säßen, Ihrer Tante empfehlen und Ihnen liebe Grüße ausrichten. ‹Denn sie ist ein nettes Mädchen›, sagte er, und er wünsche nur, er könne oft mit Ihnen zusammen sein. Sie seien ein Mädchen nach seinem Herzen, so munter und gutherzig, und er könne nur hoffen, Sie seien bei seiner Rückkehr noch nicht verheiratet, denn er sei so gern hier. Sie wissen gar nicht, was er alles Schönes über Sie sagte, bis ich schließlich wieder einschlief und er fortging. Aber er ist gewiß in Sie verliebt, das denke ich schon lange.»

«Wie können Sie so albern reden», sagte Kitty und errötete vor Freude. «Ich kann mir nicht vorstellen, daß er so schnell entflammt. Aber hat er mir wirklich Grüße ausrichten lassen? Und hofft, ich sei bei seiner Rückkehr noch nicht verheiratet? Und hat gesagt, ich sei ein nettes Mädchen?»

«Aber ja, und das ist für ihn das höchste Lob, das sich denken läßt. Mich nennt er kaum einmal so, und ob ich gleich eine Stunde bitte und bettle.»

«Und glauben Sie wirklich, daß er ungern gegangen ist?»

«Sie können sich nicht vorstellen, wie unglücklich er war! Er hat mir selbst gesagt, daß er bis Ende des Monats geblieben wäre, wenn Vater ihn nicht weggeschickt hätte. Er wünsche von Herzen, er hätte nicht in diese Bildungsreise eingewilligt, sagte er, von Tag zu Tag bedaure er das mehr. Es bringe all seine Pläne durcheinander, und seit er mit Papa gesprochen habe, fiele es ihm schwerer denn je, Chetwynde zu verlassen.»

«Das alles hat er wirklich gesagt? Und warum wollte Ihr Vater unbedingt, daß er geht? Die Bildungsreise bringe seine Pläne durcheinander, und nach seinem Gespräch mit Mr. Stanley sei er diesem Vorhaben noch abgeneigter ... Was hat das alles zu bedeuten?»

«Daß er unmäßig in Sie verliebt ist natürlich, was sonst? Wahrscheinlich hat mein Vater gesagt, wenn er nicht ins Ausland müßte, hätte er Sie gleich heiraten können. Aber jetzt muß ich mir die Pflanzen Ihrer Tante ansehen, es gibt da eine, die ich ganz himmlisch finde ... und noch die eine oder andere dazu ...»

«Wäre es denn möglich, daß Camillas Erklärung zutrifft», dachte Catharine, als die Freundin gegangen war, «wäre es nach all meinen Zweifeln, meiner Ungewißheit denkbar, daß Edward Stanley allein meinetwegen die Abreise aus England so schwerfiel? Seine Pläne durcheinandergebracht ... Was sollten das für Pläne sein – wenn nicht Heiratspläne? Aber daß er sich so schnell in mich verliebt hätte ... Doch vielleicht zeigt sich eben darin ein empfindsames Herz, und gerade das ist es, was ich an einem Menschen ganz besonders schätze, ein Herz, das bei aller scheinbaren Ausgelassenheit und Oberflächlichkeit für Liebe empfänglich ist... Wie teuer er mir dadurch wird! Aber er ist fort, vielleicht auf viele Jahre. Gezwungen, sich von dem loszureißen, was er am meisten liebt auf der Welt, ist er genötigt, sein Glück der Eitelkeit des Vaters zu opfern. Wie schwer muß ihm das Herz gewesen sein, als er das Haus verließ! Ohne mich noch einmal zu sehen, ohne mir Lebewohl sagen zu können, während ich fühlloses Wesen schlummerte. Deshalb also brach er so früh auf. Er wagte es nicht, mir gegenüberzutreten... Geliebter Mann, wie mußt du gelitten haben! Ich wußte ja, daß ein so gewandter, so gut erzogener Mensch seine Gastgeber nie ohne guten Grund derart unvermittelt verlassen hätte.»

Sehr zufrieden mit dieser Erklärung, obschon sie an dem Tatbestand selbst nichts ändern konnte, begab sich Catharine zu ihrer Tante, ohne noch einen Gedanken an die Eitelkeit junger Frauen oder das unerklärliche Verhalten junger Männer zu verschwenden.

Kittys Zufriedenheit dauerte an, solange die Stanleys bei ihnen weilten. Diese luden sie beim Abschied dringend nach London ein, wo Kitty, wie Camilla bemerkte, Gelegenheit hätte, die entzükkende Augusta Halifax kennenzulernen («oder besser noch», dachte Kitty, «ein Wiedersehen mit der lieben Mary Wynne zu feiern»).

Mrs. Percival erwiderte, für sie sei London ein Sündenpfuhl*, in dem man die Tugend längst aus der Gesellschaft verbannt hatte und das Laster in vielerlei Gestalt täglich an Boden gewann. Kitty sei von Natur aus nur zu geneigt, sündigen Anwandlungen zu erliegen, und deshalb die letzte, die man nach London schicken könne, da sie dort gewiß der Versuchung nicht würde widerstehen können.

Nach der Abreise der Stanleys nahm Kitty ohne rechte Freude ihre gewohnten Tätigkeiten wieder auf. Allein die Laube gewährte ihr Trost, vielleicht nicht zuletzt deshalb, weil dort die Erinnerungen an Edward Stanley wieder auflebten.

Der Sommer verging ohne besondere Vergnügungen oder Vorkommnisse bis auf einen Brief ihrer Freundin Cecilia, jetzt Mrs. Lascelles, in dem sie ihre und ihres Gatten baldige Rückkehr nach England ankündigte.

Zwischen Camilla und Catharine war ein Briefwechsel in Gang gekommen, der aber für beide wenig befriedigend war. In Miss Stanleys Briefen kam, nachdem sie der Freundin von ihres Bruders Abreise nach Lyon berichtet hatte, sein Name nie mehr vor, und sie hatten dadurch für Catharine jeden Reiz verloren. An Mitteilenswertem enthielten sie kaum mehr als die Beschreibung eines neuen Kleidungsstückes, eine Aufzählung ihrer gesellschaftlichen Verpflichtungen, eine Lobeshymne auf Augusta Halifax und hin und wieder eine kleine Schmährede auf den unseligen Sir Peter.

Der «Hain», Mrs. Percivals Wohnsitz in Chetwynde, war nur fünf Meilen von Exeter entfernt, doch obwohl die Tante eine eigene Chaise nebst Pferden besaß, konnte Catharine sie nur sehr selten dazu bewegen, zum Einkaufen in die Stadt zu fahren, denn dort lagen stets Offiziere im Quartier und machten die Straßen unsicher. Nachdem eine Schauspielertruppe auf dem Weg von einem Rennen in der Nähe vorübergehend ihre Bühne in Exeter aufgeschlagen hatte, war Mrs. Percival auf Drängen ihrer Nichte aber doch bereit, ihr zuliebe eine Aufführung zu besuchen, allerdings bestand sie darauf, daß Miss Dudley mit von der Partie sein müsse. Nun aber ergab sich eine neue Schwierigkeit, da man zur Begleitung noch einige Herren brauchte.

Anmerkungen

Seite

13 *Lindsay:* schottischer Adelsname, Familienname der Earls of Balcarres. Der erste Earl of Balcarres, Alexander Lindsay, schlug sich im Bürgerkrieg auf die Seite des Königs und starb in Breda im Exil.

Talbot: ein typisch englischer Name. Der berühmteste Talbot war John, der erste Earl of Shrewsbury, der unter Heinrich V. und Heinrich VI. gegen die Franzosen kämpfte.

Polydor: Name des jüngsten Sohnes von König Priamus, häufig für romantische Figuren benutzt. In Shakespeares «Cymbeline» ist es der Name, den der verkleidete Guiderius im Wald von Wales angenommen hat. Einer der rivalisierenden Brüder in Thomas Otways «The Orphan» (1680) ist ebenfalls ein Polydor.

23 *heimliche Heirat:* Bezieht sich auf das Theaterstück «The Secret Marriage» (1766) von George Colman dem Älteren und David Garrick. Laut Heiratsgesetz von 1753 war die heimliche Heirat von Minderjährigen untersagt. Meist wurden deshalb die Eltern oder der Vormund von der bevorstehenden Eheschließung ihrer Kinder oder Mündel in Kenntnis gesetzt und konnten die Verbindung verhindern, wenn sie von ihnen mißbilligt wurde. Die Legalität der von Jane Austen hier geschilderten heimlichen Heiraten ist zweifelhaft.

25 *Newgate:* Seit König John bis 1880 Stadtgefängnis von London.

27 *Extrapost:* engl.: post-chaise. Ein gemieteter Wagen für nur drei Personen; eine schnelle, aber kostspielige Reisemöglichkeit.

28 *Matilda:* Matilda ist eine der Heldinnen in Horace Walpoles «The Castle of Otranto» (1764). Jane Austen assoziierte diesen Namen mit den Schauerromanen aus der Zeit der Romantik.

38 *Leben des Kardinal Wolsey:* Anspielung auf «The Vanity of Human Wishes». In diesem Werk stellt Samuel Johnson Betrachtungen über Wolseys Sturz an.

40 *Sprecht mir nicht ... Gurke:* Anklänge an Ophelias Wahnsinnsszene im «Hamlet» (IV., 5.) und besonders an Tilburinas letzten Monolog in Richard Sheridans «The Critic» (1779).

43 *Postkutsche:* engl.: stage-coach. Ein verhältnismäßig günstiges öffentliches Verkehrsmittel, das Damen im Gegensatz zur post-chaise kaum benutzten.

53 *Lewis und Quick:* Zwei der bekanntesten und wandlungsfähigsten Schauspieler und Theatermanager des ausgehenden achtzehnten Jahrhunderts waren William Thomas Lewis und John Quick. Beide traten oft in Covent Garden auf.

62 *Dreitausend im Jahr:* Ein ganz erhebliches Einkommen.

66 *Nadelgeld:* Summe (hier eine sehr hohe), die der Ehefrau zur Verfügung stand.

67 *einen besonderen Raum für Theateraufführungen:* Die Heldin in Frances Brooks «The Excursion» (1777) läßt sich von ihrem künftigen Ehemann ein Privattheater versprechen. Die Aufführung von Theaterstücken war zu jener Zeit als Liebhaberei sehr in Mode, wie Jane Austen später in «Mansfield Park» schildert.

67 *Which is the Man?:* Stück von Hannah Cowley (1743–1809), 1783 veröffentlicht, 1787 in Steventon aufgeführt.

Lady Bell Bloomer: In «Which is the Man?» eine temperamentvolle Witwe, die von dem Wüstling Sparkish umworben wird und ebenso anspruchsvoll ist wie Mary Stanhope.

69 *Sondererlaubnis zur Eheschließung:* «Special Licence», eine vom Erzbischof von Canterbury ausgestellte Heiratsgenehmigung, die das Paar von der Verlesung des Aufgebots vor der Hochzeit freistellt.

Aufgebot: Die Bekanntgabe einer beabsichtigten kirchlichen Trauung. Die anglikanische Kirche verlangt die Verlesung des Aufgebots an drei Sonntagen vor der Hochzeit. Reiche und Mächtige konnten die öffentliche und daher in ihren Augen etwas vulgäre Verlesung des Aufgebots umgehen, indem sie sich eine Sondererlaubnis oder eine gewöhnliche Heiratserlaubnis ausstellen ließen.

gewöhnliche Heiratserlaubnis: «Common Licence», eine vom Erzbischof oder Bischof ausgestellte Erlaubnis zur Heirat in einer beliebigen Kirche oder Kapelle seiner Diözese, die eine Eheschließung ohne vorherige Verlesung des Aufgebots ermöglichte.

in den kommenden drei Jahren ... zu erwarten: Verweis auf die Ehevereinbarung von Walter und Mrs. Shandy in «Tristram Shandy» von Laurence Sterne. Mrs. Shandy durfte erst zu ihrer Niederkunft nach London reisen.

77 *Offizier:* In der erzählenden Literatur des 18. Jahrhunderts sind Offiziere nicht immer eine gute Partie.

Laube: Romanheldinnen haben oft ein besonderes Refugium. Clarissa zieht sich in das Sommerhaus am Harlowe Place zurück, besonders im Winter, wenn die Familie sie dort nicht stört. Bei Jane Austen kommt diese Sehnsucht nach einem Stück Privatsphäre in *Stolz und Vorurteil* zum Ausdruck, wo Charlotte Collins sich in ein kleines Hinterzimmer zurückzieht.

84 *... die Hälfte des Jahres in London:* Die Zeit von Neujahr bis zum 4. Juni, dem offiziellen Geburtstag des Königs, an dem die Londoner Saison zu Ende ging.

85 *die Romane von Mrs. Smith:* Charlotte Smith, Lyrikerin und Romanschriftstellerin (1749–1806), veröffentlichte 1788 ihren ersten Roman, *Emmeline.* 1789 folgte *Ethelinde,* 1791 *Celestina.* Ihr Stil war hochgeschätzt, und es heißt, ihre Lyrik habe Wordsworth beeinflußt.

86 *Grasmere:* Ein kreisförmiger kleiner See im Lake District.

87 *Matlock:* Malerische Stadt im Peak District, Derbyshire, ein in den Anfängen des Tourismus im späten 18. Jahrhundert beliebtes Reiseziel.

Scarborough: Kleiner Küstenort im östlichen Yorkshire, der zum ersten britischen Seebad wurde. Camilla Stanley denkt offenbar, Scarborough sei an der Westküste.

91 *Brook Street:* Vornehme Straße, die vom Hanover Square zum Grosvenor Square führt.

92 *... in Wales zur Schule:* Walisische Internate waren wesentlich billiger als englische.

105 *... nicht mehr soviel Wohlstand und blühendes Leben:* Der Unterhausabgeordnete Mr. Stanley ist offensichtlich ein Anhänger von William Pitt dem Jüngeren. Pitts Regierung übernahm ein Land, das Mühe hatte, den teuren amerikanischen Unabhängigkeitskrieg zu verkraften. Zunächst hatte Pitt Maß-

nahmen ergriffen, um den staatlichen Schuldenberg abzutragen, die Steuern gesetzlich zu regeln, den Staatsdienst zu straffen und eine Parlamentsreform durchzusetzen. Auf der anderen Seite sprach er sich gegen die republikanischen Grundsätze der Französischen Revolution aus. 1793 erklärte England Frankreich den Krieg.

107 *... Haare aufgedreht hat:* Auch Männer lockten sich häufig mit Hilfe von Papilloten das Haar, damit es wie eine Perücke aussah. Der Lakai Tom äfft die Sitten und Gebräuche seiner Herrschaft nach.

132 *Blairs Predigten:* Die Predigten von Hugh Blair (1718–1800), eines schottischen Geistlichen, enthalten Ansichten, die Mrs. Percival ihrer Nichte zu vermitteln sucht.

Cœlebs in Search of a Wife: Erbauungsroman von Hannah More (1745–1833) über einen Junggesellen, der nach der vollkommenen Ehefrau sucht und eine junge Dame nach der anderen wegen ihrer sittlichen Mängel verwirft, bis er die Richtige findet.

138 *Was ist die Frau doch für ein dummes Ding, wie eitel, wie unvernünftig!:* Anspielung auf Hamlets an Rosenkranz und Guildenstern gerichtete Worte: «Welch ein Meisterwerk ist doch ein Mann! wie edel durch Vernunft! wie unbegrenzt an Fähigkeiten!» («Hamlet», II.,2.)

143 *London ein Sündenpfuhl:* Offenbar eine Parodie auf William Cowpers Klage über das Dahingehen der guten alten Zeit («The Task», 1785).

Nachwort

Das Leben Jane Austens verlief scheinbar recht ereignislos. Diesen Eindruck vermittelt bereits jene biographische Notiz, die Janes Lieblingsbruder Henry 1818, ein Jahr nach dem Tod seiner Schwester, der ersten Ausgabe von «Kloster Northanger» und «Überredung» beifügte. Jane Austen, am 16. Dezember 1775 in Steventon (Grafschaft Hampshire) geboren, lebte, so schrieb ihr Bruder, ein Leben «voll von Nützlichkeit, Literatur und Religion». In glücklichen Familienverhältnissen, umgeben von sieben Geschwistern – unter ihnen Janes engste Vertraute Cassandra –, wuchs Jane Austen auf, in einer kleinen überschaubaren Welt, die auch die Welt ihrer Heldinnen werden sollte. Drei Umstände oder Ereignisse ihrer Jugend aber, die Henry Austen allesamt unerwähnt läßt, könnten dazu angetan gewesen sein, ihren Sinn für das Romanhafte des Lebens selbst zu wecken, und haben womöglich Janes frühe schriftstellerische Versuche geprägt. Da war zum einen George, einer der Brüder: Er hatte «Anfälle», wurde von der Familie totgeschwiegen und durfte nicht zu Hause leben. Nicht Krankheit, sondern einen Tod, der Janes kindliches Gerechtigkeitsgefühl verletzen mußte, führte das Schicksal von Mrs. Cooper vor Augen. Mrs. Cooper war die

Mutter Jane Coopers, einer Cousine. Jane und Cassandra Austen, beide unzertrennlich, besuchten gemeinsam mit Jane Cooper die «Schule» von Mrs. Crawley in Southampton, als dort die Diphtherie ausbrach. Die besorgten Mütter eilten unverzüglich, ihre Kinder heimzuholen. Gesund kamen die Kinder nach Hause, Mrs. Cooper aber hatte sich angesteckt – und starb. Zwar keine schreckliche, aber doch eine ebenso romanhafte und unvorhersehbare Wendung wie das Leben der Mrs. Cooper nahm dasjenige Edward Austens, eines Bruders von Jane. Edward wurde von einem kinderlosen, reichen Verwandten adoptiert und erbte dessen Vermögen sowie die beiden Herrensitze. Eine glückliche Heirat vollendete Edwards märchenhaften Aufstieg.

1805 starb Janes Vater, George Austen. Er hatte bis zum siebzigsten Lebensjahr als angesehener Pfarrer seiner kleinen Gemeinde gedient und danach in Bath im Kreis der Familie den Lebensabend verbracht. Die Witwe Austen zog mit ihren beiden Töchtern, Cassandra und Jane, der Bath nie gefallen hatte, zunächst nach Southampton, 1809 schließlich «in das reizvolle Dorf Chawton in derselben Grafschaft. Von hier aus», so schreibt Henry Austen, «entließ sie» ihre Romane «in die Welt». Gestorben ist Jane Austen mit einundvierzig Jahren am 18. Juli 1817. «Zwei Monate» hatte sie «den Schmerz, die Mühsal und die Langeweile, die ein langsamer Verfall mit sich bringen, mit mehr als bloßer Ergebung, mit wahrhaft ungebrochener Heiterkeit» ertragen. Henry Austens Worte, denen man trauen kann, schildern eine Sterbende, die ihre Krankheit – wohl die Addinsonsche, ein Versagen der Nebennieren – so ertrug, daß der Charme ihrer Persönlichkeit, «ihre geistige Spannkraft, ihr Gedächtnis, ihre Fantasie, Ausgeglichenheit und Herzlichkeit» nicht verdunkelt wurde.

Jane Austen scheint, auch wenn die neuere Forschung Charakterschwächen nicht unbetont läßt, ihren positiven Heldinnen nicht unähnlich gewesen zu sein. Nur in einem unterschied sie sich von ihnen: einem Ehemann hat sich die durchaus attraktive Jane nie anvertraut. Sie schrieb die Geschichte und die Geschichten ihres Lebens allein.

Und sie fing früh damit an. Seit ihrem zwölften Lebensjahr verfaßte Jane Austen Erzählungen, Skizzen, fiktive Briefe, eine ironische «Geschichte Englands» und Miniaturdramen. Mit achtzehn konnte sie auf ein stattliches Œuvre zurückblicken. Siebenundzwanzig Werke sind erhalten, zusammengefaßt und überliefert in drei – von Jane sicher augenzwinkernd so bezeichneten – «Bänden». Aus früher und souveräner Kenntnis der zeitgenössischen (Trivial-) Literatur, aber auch der Werke Henry Fieldings und Samuel Richardsons entstanden für und in der Familie ihre Werkchen und Werke. (Übrigens las man in der Familie Austen begeistert Romane, eine Gattung, die damals kein besonderes Ansehen genoß.) Die enorme Lebendigkeit, die bereits Jane Austens erste Werke und erst recht die sechs großen Romane auszeichnet, mag durch diese familiären Entstehungsbedingungen gefördert worden sein. So haben die häuslichen Vorlesungen und Theateraufführungen in der Scheune, bei denen sich vor allem Cousine Eliza hervortat, Janes Ohr für Dialoge und Szenen zweifelsohne geschärft. (Eliza, der durch Heirat zur Comtesse de Feuillide aufgestiegenen Freundin, ist die Erzählung «Liebe und Freundschaft» gewidmet.) Der direkte Kontakt mit «ihrem» Publikum, bei dem Jane die Wirksamkeit ihrer Szenen und Dialoge unmittelbar erproben konnte, mag ihre frühe Meisterschaft im Gestalten dieser Erzählbausteine entscheidend gefördert haben.

Wer vermutet, daß unter diesen harmonischen Umständen ein nur heiter-harmonisches Frühwerk gedieh, wird von den Juvenilia Jane Austens überrascht sein. Nicht daß dieses Frühwerk, das angesichts seiner technischen Perfektion kaum so genannt werden kann, zum Lachen nicht Anlaß gäbe. Im Gegenteil, überraschend ist, daß es hier nicht selten das Lächerliche ist, das Absurde und Monströse von Figuren und Geschichten, mit denen Jane Austen ihre Leser, besser: Zuhörer, unterhält. Wohl weisen Jane Austens frühe Werke auch auf Künftiges voraus. Vor allem aber zeigen sie die auch heute noch beliebteste Schriftstellerin Englands von einer Seite, gegen die sie sich später als Autorin von «Stolz und Vorurteil», «Emma» und anderer Romane definitiv entschieden hat: als mitunter grimmige Parodistin mit einem starken Hang zur Karikatur und zum schwarzen Humor.

Katastrophen zuhauf ereignen sich bereits in der Erzählung «Liebe und Freundschaft», deren Manuskript mit dem Entstehungsdatum «Finis 13. Juni 1790» versehen ist. Die mehr als abenteuerliche Geschichte zweier Liebespaare nimmt alle Klischees der zeitgenössischen Moderomane auf und führt sie ad absurdum. Die empfindsamen Helden und Heldinnen werden als das entlarvt, was sie in Wirklichkeit sind: kaltschnäuzige Egoisten, deren Empfindsamkeit nur dem Selbstgenuß dient. Schlimmer noch, unter dem Vorwand übergroßer Empfindlichkeit entziehen sie sich den einfachsten mitmenschlichen Verpflichtungen. Schon in diesem Werk der fünfzehnjährigen Jane stellen sich die Protagonisten durch ihre Rede selbst bloß, eines Kommentars der Autorin bedarf es nicht. Die Figuren sind, sozusagen mitleidlos, reduziert auf primäre Triebe. Habgier, Eigenliebe und Dünkel erweisen sich in weit größerem Maß als in den späteren Werken der Autorin oft als die einzigen Triebfedern des Handelns und liegen selbst den sogenannten Herzensbindungen zugrunde.

Die vor allem durch Samuel Richardsons Erfolgsromane «Pamela» und «Clarissa Harlowe» populär gewordene Form des Erzählens in Briefen greift Jane Austen auch in ihrer Erzählung «Drei Schwestern» auf, die vermutlich vor 1792 entstand. Anders als in «Liebe und Freundschaft» jedoch, in der die Briefform hauptsächlich die Monomanie der Erzählerin widerspiegelt, entfaltet Jane Austen das Geschehen nun aus der Perspektive zweier Briefschreiber. Wieder wird eine Geschichte ohne Identifikationsfigur erzählt. Moralisch versagen alle: die berechnenden und intriganten Schwestern und der heiratswillige, aber liebesunfähige Mr. Watts. Die Ehe zeigt sich als eine Frage der Ökonomie und nicht der Zuneigung. Sicher hat Jane Austen, die in der Liebe den einzigen Grund zu heiraten sah, die zeitgenössische Wirklichkeit der Institution Ehe damit leicht überspitzt, aber treffend gezeichnet.

Im längsten der erhaltenen Frühwerke Jane Austens schließlich, dem Romanfragment «Catharine» von 1792 (überarbeitet wohl zwischen 1809 und 1811), finden sich Figuren und Konstellationen jenseits von sarkastischer Typenkomödie und Literaturparodie. Ein junges Mädchen und seine ersten (Liebes-)Empfindungen, eine Ballszene, behaglich ausgebreitete, «realistische» Dialoge und skurrile Nebenpersonen, all das weist deutlich auf den «typischen» Austen-Roman voraus. Die Personen sind nicht mehr bloß burleske Spielfiguren der überschäumenden und oft subversiven Phantasie ihrer Erfinderin, sondern entwickeln Eigenleben. Vor allem Catharine zeigt bereits Züge einer wahrhaften Austen-Heldin: Im – auch selbstkritischen – Nachdenken lernt sie sich und die Welt kennen und vielleicht auch – der Fortgang der Handlung ist ja offen – richtig zu handeln und glücklich zu werden.

Ein glückliches Ende nehmen schließlich alle großen Romane Jane Austens. Zumindest für diejenigen unter ihren berühmten Heldinnen und Helden, die lebensklug und mitmenschlich zu handeln wissen oder lernen, erweist sich die Welt als zwar unvollkommene, aber doch bewohnbare.

Daß alles vielleicht doch ganz anders sein könnte, daß Arroganz, Dummheit, Habsucht und Bosheit immer und überall lauern, hat Jane Austen gewußt. Ihre frühen und zu Lebzeiten unveröffentlichten Werke, die mehr sind als bloße Parodien zeitgenössischer Fiktion, machen auf gute Weise mißtrauisch. Es sind wohl manche Untiefen in den warmherzigen und doch ironisch-distanzierten Romanen der «reifen» Jane Austen verborgen und vielleicht überwunden. Das innere Leben der Jane Austen verlief sicher alles andere als ereignislos.

Dietmar Jaegle

Henry Austens «Biographische Notiz über die Autorin» ist übersetzt von und zitiert nach Christian Grawes Biographie «Jane Austen», Stuttgart 1988.

Titel der englischen Originaltexte:
«Love and Friendship» (1790)
«The Three Sisters» (um 1792)
«Catharine, or the Bower» (1792)

Umschlagmotiv:
Sir Thomas Lawrence «Porträtstudie»
Dijon, Musée Magnin
© Foto RMN – R. G. Ojeda

Diese Buchausgabe wurde im
Bogenoffset gedruckt und in Fadenheftung gebunden.
Alle verwendeten Materialien entsprechen alterungs-
beständiger Qualität, die Papiere sind
chlor- und säurefrei.

Die Deutsche Bibliothek – CIP-Einheitsaufnahme

Austen, Jane:
Liebe und Freundschaft. Drei Schwestern [u. a.] / Jane Austen
Aus dem Englischen übersetzt von Renate Orth-Guttmann
Nachwort von Dietmar Jaegle
Einheitssacht.: Love and Friendship. The Three Sisters.
Catharine, or the Bower <dt.>
Zürich : Manesse Verlag, 2002
ISBN 3-7175-4031-9